ANTON T

O DUELO

CHÉKHOV

O DUELO

TRADUÇÃO DE
KLARA GURIÁNOVA

PROJETO GRÁFICO E ILUSTRAÇÕES
HÉLIO DE ALMEIDA

Amarilys

Amarilys é um selo editorial Manole.

Este livro contempla as regras do Acordo Ortográfico
de 1990, que entrou em vigor no Brasil.

CAPA, PROJETO GRÁFICO E ILUSTRAÇÕES
Hélio de Almeida

DIAGRAMAÇÃO E REVISÃO
Depto Editorial da Editora Manole

Dados Internacionais de Catalogação na Publicação (CIP)
(Câmara Brasileira do Livro, SP, Brasil)

Tchékhov, Anton, 1860-1904.
O duelo / Anton Tchékhov ; tradução de Klara
Guriánova. – Barueri, SP : Manole, 2011.

Título original: Дуэль.
ISBN 978-85-204-3118-4

1. Ficção russa I. Título.

10-09962 CDD-891.7

Índice para catálogo sistemático:
1. Ficção : Literatura russa 891.7

Edição brasileira – 2011

Editora Manole Ltda.
Av. Ceci, 672 – Tamboré
06460-120 – Barueri – SP – Brasil
Tel.: (11) 4196-6000 – Fax: (11) 4196-6021
www.manole.com.br | www.amarilyseditora.com.br
info@amarilyseditora.com.br

Impresso no Brasil
Printed in Brazil

"O duelo": a novela ideológica na obra de Anton Tchékhov

ELENA VÁSSINA

Ao contrário de todos os clássicos da literatura russa, Anton Tchékhov (1860-1904) nunca chegou a escrever romance. Ele teve, como escritor, uma "respiração curta" e ficou consagrado como mestre de narrativas breves. Na obra de Tchékhov, cristalizaram-se os novos procedimentos artísticos do gênero predileto das letras modernas, o conto, e ficou provado que esse microcosmo prosaico poderia abranger o infinito e a imensidão do ser humano e do mundo, tudo aquilo que antes, na tradição clássica, fora somente prerrogativa da narrativa romanesca. Toda a tessitura da obra tchekhoviana baseia-se em uma especial "avareza" verbal que obriga o autor a cortar cada palavra supérflua, cada frase escassa para atingir tal grau de condensação formal, que seus contos parecem com *icebergs*: o texto escrito revela somente uma pequena parte das imagens e ideias do escritor, sempre estimulando seus leitores a descobrir entrelinhas no subtexto, profundezas da dimensão interior do inesgotável universo literário tchekoviano.

De cima para baixo, da esquerda para a direita: Tchékhov, familiares e amigos (1890); com o irmão Nikolai (1882); com Gorki (1900); Anton Pávlovitch Tchékhov (1860-1904).
Foto da página 2: Tchékhov em Melikhovo.

Anton Tchékhov nasceu no dia 17 (29)[1] de janeiro de 1860 na pequena e provinciana cidade de Taganrog, situada no sul da Rússia, à beira do Mar de Azov. Passou a infância num meio muito patriarcal. Seus avôs eram servos que conseguiram comprar a liberdade. O pai de Tchékhov, Pável Egórovitch, tinha uma pequena mercearia onde Anton começou a trabalhar ainda garoto. A numerosa família (os Tchékhov tiveram seis filhos) vivia apertada. Todo o tempo livre das crianças era dedicado aos ensaios do coral da igreja regido por Pável Tchékhov. Detestando a severa educação recebida na infância, Anton, ao mesmo tempo, admirava o verdadeiro talento artístico do pai herdado por todos os filhos. "Nosso talento é da parte do pai" – disse Tchékhov –, "enquanto a alma é da parte materna".

Em 1876, o pai arruinou-se. Obrigados a vender a casa, os Tchékhov mudaram-se para Moscou. Essa dolorosa perda do ninho familiar se transformaria no motivo "do paraíso perdido" e, já no final da vida do escritor, transpareceria em seus famosos dramas: "Tio Vânia" (1899), "As três irmãs" (1900) e "O jardim das cerejeiras" (1904). Mas Anton, sozinho, ficou mais três anos em Taganrog para terminar seus estudos no Liceu. Sem o controle paterno, ele se sentiu mais livre para se dedicar ao que gostava desde a infância – teatro e literatura. Tchékhov começou a escrever cedo – quando foi a Moscou, aos 19 anos, para fazer o vestibular de medicina na Universi-

1 Como a Rússia adaptou o calendário gregoriano somente em 1918, é de praxe que todas as datas históricas russas anteriores a 1918 sejam informadas em dois formatos: primeiro, de acordo com o calendário juliano (o antigo) e depois, entre parênteses, de acordo com o calendário gregoriano (o atual), sendo que a diferença entre esses dois calendários é de 13 dias.

dade, em sua pasta já havia muitos contos humorísticos e um drama que ficou conhecido como "Uma peça sem nome" ou "Platónov".

Adotando o pseudônimo Antocha Tchekhontê, o sério aluno de medicina começou a publicar pequenos contos humorísticos em várias revistas – *Oskólki* (Fragmentos), *Budílnik* (O despertador), *Zrítel* (O espectador). Tchékhov falou das "montanhas inteiras de contos" escritos quase que "brincando" produzidas sob sua pena, ajudando a pagar os estudos e a sustentar a numerosa família.

Um enfoque crítico-humorístico predomina na criação dos personagens de Antocha Tchekhontê. São pequenos funcionários que morrem de medo (literalmente) do general ("A morte do funcionário", 1883), ficam apavorados ao saber que o amigo de infância se tornou um burocrata importantíssimo ("Gordo e magro", 1883) ou acham que a felicidade fosse impossível sem condecoração emprestada ("A condecoração", 1884). O jovem escritor cria um painel diversificado dos tipos humanos ridículos, escravos dos estereótipos sociais absurdos. O tema dominante dessa primeira fase da obra literária de Tchékhov poderia ser definido como a ridicularização do que se considera "normal", ou seja, daquele "bom senso" vulgar e mercantil que rege e reina na vida corriqueira.

Em 1884, Tchékhov formou-se em medicina e, dois anos mais tarde, publicou sua primeira coletânea dos contos humorísticos que teve grande repercussão entre os leitores, porém a recepção dos críticos foi bastante fria. Os amigos literatos sugerem que Tchékhov não desperdiçasse seu indiscutível talento com a produção leviana, sempre apressada, para revistas humorísticas e buscasse os caminhos de amadurecimento literário.

A insistência dos amigos e o apoio financeiro de Suvórin, editor todo-poderoso do jornal *Nóvoe Vriémia* (Novo Tempo), ajudaram Tchékhov a mudar seu perfil literário: ele não quer mais ficar concentrado nos fatos e tipos engraçados apenas para divertir o leitor e começa a aprofundar suas obras. A partir da segunda metade dos anos 80, no estilo do escritor cristalizam-se os traços peculiares de sua visão artística do mundo, aquele famoso olhar "puramente tchekoviano" que seria perfeitamente definido por Vladímir Nabókov: "As coisas para Tchékhov eram engraçadas e tristes ao mesmo tempo, mas não se pode enxergar a tristeza se não se enxergar a comicidade, pois ambas estão ligadas".

Continuador fiel da tradição profundamente humanista de seus grandes contemporâneos, de Dostoiévski e de Tolstói, Tchékhov não se interessa pelo "ser social", aquele tipo de pessoa-marionete cuja existência humana se reduz somente ao papel desempenhado na sociedade. O escritor Tchékhov, ao contrário do doutor Tchékhov, não receita, apenas constata graves doenças da alma humana mostrando, com toda a objetividade, que a culpa está dentro da própria natureza humana e não nas condições injustas do mundo.

Tchékhov mergulha na vida cotidiana cheia de fatos miúdos para captar através deles o essencial e o eterno da existência humana, como acontece em uma das suas obras-primas, "Estepe", escrita em 1888. Uma imagem da infinita planície russa e seus tipos humanos é recriada por Tchékhov pelo prisma da percepção infantil, pelo olhar de Egóruchka, um garoto que, acompanhado de seu tio e de um padre, faz uma longa viagem para estudar...

O incontestável talento do jovem escritor (que ainda não completara trinta anos) chega a ser reconhecido nacionalmente: em 1888, a Academia de Ciências da Rússia outorga a Tchékhov a maior láurea literária, o prêmio Púchkin. Contudo, apesar de toda a fama literária que o escritor conheceu durante sua vida, ele gostava de repetir: "A medicina é minha legítima esposa, enquanto a literatura é minha amante". Ganhando a vida com trabalho literário, Tchékhov nunca deixou de exercer a profissão de médico atendendo (sempre de graça!) todos aqueles que precisavam de sua ajuda. Quem quer que fossem os doentes: forçados e prisioneiros que Tchékhov encontrou durante sua longa viagem, em 1890, à ilha Sacalina, ou camponeses que viviam na região de sua datcha. Só nos 10 meses de 1893, combatendo a epidemia de cólera, Tchékhov, o único médico para 25 aldeias, consultou 1.000 doentes... E fez tudo isso sem prestar a devida atenção à sua própria saúde, à tuberculose que se agravava com progressão assustadora...

Os últimos anos da vida de Tchékhov foram ligados, de uma maneira muito intensa e direta, com o Teatro de Arte de Moscou. Foi lá, em 1898, que aconteceu a fabulosa estreia de "A gaivota". Encenado por Konstantin Stanislávski, o drama de Tchékhov abriu a nova etapa na história do teatro moderno. E, com certeza, foi aquele feliz e abençoado encontro do dramaturgo com o *seu* teatro. Desde então, Tchékhov escreve suas peças especialmente para o Teatro de Arte de Moscou: em 1899, estreia "Tio Vânia"; em 1901, "As três irmãs"; em 1904, o último drama, "O jardim das cerejeiras". Inovador no mundo das letras, Tchékhov destaca-se ainda mais como ousado renovador do gênero dramático. A união com o Teatro de Arte de Moscou trouxe as mudanças não somente à vida criativa de Tchékhov, mas também à sua vida pessoal: em 1901, o escritor casou-se com Olga Knípper, a atriz e intérprete dos principais papéis em suas peças. Mas a tuberculose, que se agravava cada vez mais, não permitiu que Tchékhov desfrutasse da nova vida familiar. Os médicos proibiram-lhe ficar no frio moscovita durante o outono e o inverno, exigindo que o escritor passasse longos períodos do tempo no sul da Rússia, em Ialta – uma pequena cidade, à beira do Mar Negro. Contudo, nem o clima quente podia trazer salvação a Tchékhov: ele morreu com 44 anos de idade, em 1904.

"O duelo" ocupa um lugar especial na herança literária de Anton Pávlovitch Tchékhov: por um lado, porque é uma obra longa. Dividida em 21 capítulos, a novela foi publicada em forma de folhetins nas onze edições do jornal *Nóvoe Vriémia* no período de 22 de outubro a 27 de novembro de 1891. Um caso muito atípico na biografia literária de Tchékhov, que insistia na "brevidade, irmã do talento". Por outro lado, "O duelo" é um dos raros exemplos da assim chamada "novela ideológica" na obra de Tchékhov, afamado como o escritor menos "engajado" da época. Foi durante o processo da criação de "O duelo" que Tchékhov conheceu o cientista Vladímir Vágner, o defensor convicto do darwinismo social, uma corrente ideológica baseada no conceito da seleção natural dos seres mais aptos como a condição do progresso social. Os dois, o médico Tchékhov e o naturalista Vágner, passaram horas a fio discutindo os "prós" e "contras" da teoria. Todavia, foi o escritor que colocou o ponto final nesses debates ao conceber o desfecho, absolutamente inesperado, de "O duelo".

Um dos personagens principais da novela, o zoólogo von Koren, entusiasmado com as ideias do darwinismo social, gostaria de "exterminar em prol da humanidade" Laiévski, o sujeito "depravado e perverso". E parece que Laiévski faz de tudo para alimentar o ódio de von Koren. O antagonismo entre os personagens chega a tal ponto que os dois se enfrentam no duelo. A literatura clássica russa amiúde tratara o duelo como uma possibilidade, sempre trágica, da resolução do conflito. Mas a abordagem de Tchékhov é diferente: ele rompe com a tradição literária (e há de se notar que a novela "O duelo" está plena de referências às obras de Púchkin, Lermóntov, Tólstoi), enganando as expectativas dos leitores e criando aquele específico *estranhamento* (o conceito introduzido pela escola formalista russa) que caracteriza as obras inovadoras. Não é o duelo que resolve os conflitos dos personagens, mas uma profunda transformação espiritual que acontece com Laiévski e que faz von Koren duvidar da verdade que lhe pareceu absoluta.

E fica provado, mais uma vez, que Tchékhov é um daqueles escritores que detestam colocar pontos em cima dos "is", acreditando que a liberdade da interpretação de texto é um privilégio sagrado de cada leitor, participante ativo no ato da criação literária. Como costumava repetir Tchékhov, "Quando eu escrevo, confio inteiramente no leitor, supondo que ele próprio vai acrescentar os elementos subjetivos que faltam ao conto".

LAIÉVSKI

O DUELO

I

Eram oito da manhã, hora em que oficiais, funcionários e pessoas de fora costumavam banhar-se no mar, após uma noite quente e abafada, e depois ir ao quiosque tomar café ou chá. Ao chegar ao cais, Ivan Andréitch Laiévski, jovem de vinte e oito anos, magrelo, louro, de chinelos e com quepe do ministério das finanças, encontrou muitos conhecidos seus e, entre eles, um amigo, o médico militar Samóilenko.

Com a cabeçorra de cabelo cortado, sem pescoço, narigudo, de cara vermelha, bastas sobrancelhas pretas e suíças grisalhas, obeso e ainda com voz de baixo profundo e rouca de militar, esse Samóilenko causava nos recém-chegados uma impressão desagradável de homem grosseiro e mandão; porém, passados dois ou três dias após o primeiro contato, seu rosto já parecia ser extremamente bondoso, simpático e até bonito. Apesar do jeito desengonçado e do tom meio rude, era uma pessoa pacata, infinitamente generosa, benévola e prestativa. Era informal com todos da cidade, emprestava dinheiro, medicava, arranjava casamentos, reconciliava, organizava piqueniques, nos quais fazia churrascos e preparava uma sopa de tainha muito saborosa; sempre intervinha e solicitava por alguém e sempre tinha motivo para se sentir feliz. Na opinião geral, era um homem sem pecados e tinha apenas duas fraquezas: em primeiro lugar, ficava acanhado com sua bondade e procurava disfarçá-la com rudeza e olhar severo e, em segundo, queria que os enfermeiros e soldados o tratassem por "Vossa Excelência", embora sua categoria fosse apenas a de conselheiro civil.

— Responda-me uma pergunta, Aleksandr Davíditch — puxou conversa Laiévski, quando ambos, ele e Samóilenko, entraram na água até os ombros.

— Digamos que você se apaixone por uma mulher, conviva com ela mais de dois anos e depois, como acontece, deixe de amá-la, sinta que ela lhe é estranha. O que faria nesse caso?

— Muito simples: "Vá, querida, para onde lhe der na venta!" — e fim de papo.

— Falar é fácil! E se ela não tiver para onde ir? Está solitária, sem um tostão, não tem família, não sabe trabalhar...

— Bem, quinhentos de subsídio único e vinte e cinco mensais, mais nada. Muito simples.

— Digamos que você tenha os quinhentos e os vinte e cinco mensais, mas a mulher da qual estou falando é intelectual e tem orgulho. Será que teria a ousadia de lhe oferecer dinheiro? E de que maneira?

Samóilenko ia responder, mas, nesse instante, uma onda grande cobriu os dois, bateu na beira do mar e recuou ruidosamente pelos pedregulhos. Os amigos saíram da água e começaram a se vestir.

— É claro que é difícil conviver com uma mulher sem amá-la — disse Samóilenko, sacudindo a areia da bota. — Mas, Vánia[1], é preciso raciocinar com humanidade. Se fosse comi-

1 N.T.: diminutivo de Ivan.

go, eu nem deixaria transparecer esse desamor, continuaria vivendo com ela até a morte.

De repente, apercebeu-se, sentiu vergonha de suas palavras e disse:

— Por mim, as mulheres nem existiriam. Que o diabo as carregue!

Os amigos vestiram-se e dirigiram-se ao quiosque. Lá Samóilenko era de casa e para ele havia até uma louça especial. Toda manhã serviam-lhe na bandeja uma xícara de café, água com gelo num copo alto facetado e um cálice de conhaque. Primeiro ele tomava conhaque, depois, café quente e, por fim, água com gelo, o que devia ser muito gostoso, porque, depois de beber tudo, seus olhos marejavam, ele passava as duas mãos nas suíças e, olhando para o mar, dizia:

— Que vista maravilhosa!

Após uma longa noite passada em pensamentos tristes e inúteis que não o deixavam dormir e pareciam aumentar o calor sufocante e a escuridão noturna, Laiévski sentia-se quebrado e mole. O banho de mar e o café não melhoraram seu estado.

— Continuemos a nossa conversa, Aleksandr Davíditch — disse ele. — Não vou esconder e digo abertamente, como amigo: meu relacionamento com Nadejda Fiódorovna vai mal... muito mal! Desculpe eu lhe confiar meus segredos, mas preciso desabafar.

Pressentindo do que se ia tratar, Samóilenko baixou os olhos e tamborilou com os dedos na mesa.

— Depois de dois anos de convívio deixei de amá-la... — prosseguiu Laiévski — ou, melhor dizendo, entendi que nunca houve amor... Esses dois anos foram uma ilusão.

LAIEVSKI
SAMOILENKO

Laiévski tinha o hábito de examinar as palmas rosadas de suas mãos durante a conversa, roer as unhas ou amassar com os dedos os punhos da camisa. E agora ele fazia o mesmo.

— Sei perfeitamente que não pode me ajudar — disse ele —, mas conto-lhe porque, para gente fracassada e perdida, como nós, a única salvação está nas conversas. Eu preciso analisar cada ato meu, achar uma explicação e justificativa à minha existência ridícula nas teorias de alguém, nas personagens literárias, naquela, por exemplo, de que nós, os nobres, estamos degenerando e outras... Na noite passada, eu me consolava, pensando o tempo todo: "Ah, como Tolstói tem razão, uma razão impiedosa!" E me senti aliviado com isso! Realmente, irmão, ele é um grande escritor! Digam o que disserem...

Samóilenko, que nunca havia lido Tolstói e todo dia pretendia fazer isso, ficou embaraçado e disse:

— Sim, todos os escritores escrevem ficção, mas este pinta direto do natural...

— Meu Deus — suspirou Laiévski —, até que ponto fomos mutilados pela civilização! Apaixonei-me por uma mulher casada. E ela por mim... No início, houve beijos, noites silenciosas, juramentos, Spencer, ideais e interesses comuns... Que falsidade! Propriamente falando, fugíamos do marido, mas mentíamos a nós mesmos achando que fugíamos do vazio da nossa vida intelectual. O nosso futuro no Cáucaso nós imaginávamos assim: no início, enquanto nos familiarizássemos com o local e as pessoas, eu vestiria o uniforme de funcionário público, trabalharia e depois nós pegaríamos um terreno, trabalharíamos com o suor do rosto, teríamos um vinhedo ou campo, coisas desse tipo. Se você ou seu zoólogo von Koren estivessem em meu lugar, possivelmente iam viver com Nadejda Fiódorovna uns trinta anos e deixariam para seus herdeiros um rico vinhedo e mais de mil hectares de plantação de milho, mas eu me senti falido desde o primeiro dia. Na cidade despovoada e entediante, faz um calor insuportável; já no campo, debaixo de cada arbusto ou pedra, parece que há escorpiões e serpentes; atrás do campo, montanhas e deserto. Pessoas estranhas, natureza estranha, cultura pobre — tudo isso não é tão fácil como passear na avenida Nêvski, vestido de casaco de pele, de braço dado com Nadejda Fiódorovna, e sonhar com países quentes. Aqui é preciso enfrentar uma luta de vida ou morte, e que lutador eu sou? Um neurastênico miserável, um folgado... Desde o primeiro dia entendi que minhas ideias sobre a vida laboriosa e o vinhedo não valem nada. Quanto ao amor, devo lhe dizer que estar com uma mulher que leu Spencer[2] e que foi atrás de mim até o fim do mundo é tão pouco interessante quanto estar com uma Anfissa ou uma Akulina qualquer. O mesmo cheiro de ferro de passar roupa, de pó de arroz ou de remédios, os mesmos papelotes no cabelo toda manhã e a mesma ilusão...

— Sem ferro de passar roupa em casa, não dá — disse Samóilenko ruborizado de ouvir Laiévski falar dos detalhes íntimos da dama que ele conhecia.

— Parece-me que está mal-humorado hoje, Vánia. Nadejda Fiódorovna é uma mulher bela e culta, você é homem de grande inteligência... É claro, não são casados... — prosseguiu Samóilenko, espiando com o rabo do olho as mesas vizinhas — mas não é por sua culpa. Além disso, é preciso se

2 N.T.: Herbert Spencer (1820-1903), filósofo e sociólogo inglês, considerado pai do darwinismo.

livrar dos preconceitos e se manter no nível das ideias contemporâneas. Eu mesmo sou a favor do convívio sem casamento, sim. Mas, a meu ver, já que os dois se amigaram, têm de conviver até a morte.

— Sem amor?

— Vou explicar agora — disse Samóilenko. — Há uns oito anos trabalhava aqui como agente comercial um velhinho, homem de grande inteligência. Pois ele costumava dizer: o principal na vida familiar é a paciência. Ouviu, Vánia? A paciência, não o amor. O amor não dura muito. Viveu dois anos com amor e agora, pelo visto, sua vida familiar entrou num período em que você deve acionar toda sua paciência para manter o equilíbrio...

— Pode confiar em seu velhinho, mas para mim esse conselho é um contrassenso. Seu velhinho podia ter sido um hipócrita, podia ter exercitado sua paciência e olhado para a pessoa não amada como um objeto necessário para esses exercícios, mas eu não decaí tanto ainda e, se tiver vontade de me exercitar em paciência, compro halteres ou um cavalo empacador, mas as pessoas, eu deixo em paz.

Samóilenko pediu vinho branco com gelo. Cada um tomou seu copo de vinho e, de repente, Laiévski perguntou:

— Por favor, diga, o que significa amolecimento do cérebro?

— Isso, como eu poderia explicar... é uma doença, quando os miolos tornam-se mais moles..., como que se diluem.

— É curável?

— Sim, quando a doença não é negligenciada. Com duchas frias, emplastos de cantáride... E alguma coisa de uso interno.

— Bem... Então, vou lhe explicar minha situação. Não posso continuar vivendo com ela, isso está acima de minhas forças. Enquanto estou contigo, fico filosofando e sorrindo, mas em casa perco todo meu ânimo. Sinto tamanho horror que se me dissessem que sou obrigado a conviver com ela mais um mês, meteria uma bala na cabeça. E ao mesmo tempo não posso me separar dela. Está sozinha no mundo, não sabe trabalhar, nem ela nem eu temos dinheiro... Para onde ela iria? A quem pediria ajuda? Não dá para pensar em nada... Então me diga: o que fazer?

— Hum... — balbuciou Samóilenko, sem saber o que responder. — Ela o ama?

— Sim, tanto quanto o homem lhe é necessário com a idade e o temperamento que ela tem. Para ela seria tão difícil ficar sem mim como ficar sem pó de arroz ou papelotes. Sou parte integrante de seu *boudoir*[3].

Samóilenko ficou embaraçado.

— Está de mau humor hoje, Vánia — disse ele. Provavelmente não dormiu bem esta noite.

— Sim, dormi mal... Sinto-me péssimo em geral. A cabeça está vazia, o coração não anda bem, fraquezas... É preciso fugir!

— Para onde?

— Para lá, ao norte. Para os pinheiros, cogumelos, pessoas, ideias... Daria metade da minha vida para poder nadar num rio da região de Moscou ou de Tula, sentir frio e depois vagar umas três horas nem que seja com o pior dos estudantes

3 N.T.: do francês: cômodo pequeno e elegante, em moradias requintadas, reservado à dona da casa.

e tagarelar, tagarelar... E o cheiro de feno! Lembra? De noite, quando se passeia no jardim, ouvem-se sons do piano, do trem passando...

Laiévski riu de prazer, em seus olhos brotaram lágrimas. Para escondê-las virou-se para a mesa vizinha e, sem se levantar, puxou dela uma caixinha de fósforos.

— Faz dezoito anos que não vou à Rússia — disse Samóilenko. — Até esqueci como são as coisas lá. A meu ver, não há terra mais bela que o Cáucaso.

— Vereschaguin[4] tem um quadro em que os condenados esperam a morte no fundo de um poço. É assim que eu vejo esse seu belo Cáucaso. Se eu tivesse de escolher entre ser limpador de chaminés em Petersburgo ou ser príncipe no Cáucaso, eu escolheria ser limpador de chaminés.

Laiévski ficou pensativo. Olhando para seu corpo curvado, os olhos fixos num ponto, o rosto pálido, as têmporas fundas, as unhas roídas e o chinelo pendurado na ponta do pé, deixando à vista o calcanhar mal remendado de sua meia, Samóilenko sentiu muita pena dele, ele lhe pareceu uma criança indefesa e, talvez por isso, perguntou:

— Sua mãe está viva?

— Sim, mas nós rompemos relações. Ela não soube me perdoar esse relacionamento.

Samóilenko gostava de seu amigo. Via nele um bom rapaz, estudante, boa praça, com quem podia beber, rir e conversar com toda franqueza. Mas percebia nele aquilo que não lhe agradava em absoluto. Laiévski bebia muito e fora de hora,

4 N.T.: V. V. Vereschaguin (1842-1904), pintor russo, autor de quadros com temas bélicos.

jogava baralho, desprezava seu trabalho, vivia acima de suas posses, nas conversas usava com frequência palavras obscenas, saía para a rua de chinelos e brigava com Nadejda Fiódorovna na presença de estranhos — disso Samóilenko não gostava. Porém, o fato de Laiévski ter sido estudante da faculdade de filologia, ser assinante de duas revistas volumosas, frequentemente fazer discursos tão inteligentes que apenas poucos o compreendiam e conviver com uma mulher intelectual — tudo isso Samóilenko não entendia, mas gostava, considerava-o superior em inteligência e o respeitava.

— Mais um detalhe — disse Laiévski, levantando a cabeça. — Cá entre nós. Por enquanto escondo isso de Nadejda Fiódorovna, vê se não deixa escapar na presença dela... Anteontem recebi uma carta dizendo que o marido dela morreu de amolecimento do cérebro.

— Deus o tenha... — suspirou Samóilenko. — Mas por que esconde dela?

— Mostrar-lhe essa carta significaria: "Queira me dar a honra de casar na igreja". Antes é preciso deixar claro o nosso relacionamento. Quando ela se convencer de que não podemos continuar vivendo juntos, eu lhe mostrarei a carta. Então isso não será perigoso.

— Sabe de uma coisa, Vánia? — disse Samóilenko e seu rosto adquiriu de repente uma expressão triste e suplicante, como se ele fosse pedir uma coisa muito doce e tivesse medo de ouvir uma recusa. — Case-se, querido!

— Para quê?

— Cumpra seu dever perante essa mulher maravilhosa! Seu marido faleceu e a própria providência mostra-lhe o que fazer!

— Mas entenda, seu tolinho, que isso é impossível. Casar-se sem amar é tão baixo e indigno de homem quanto celebrar a missa sem ter fé.

— Mas é seu dever!

— Dever por quê? — perguntou Laiévski com irritação.

— Porque a levou do marido e assumiu a responsabilidade.

— Mas já disse com todas as letras: eu não a amo!

— Bem, se não há amor, então respeite-a e faça suas vontades...

— Respeite-a e faça suas vontades – arremedou Laiévski. Como se ela fosse madre superiora. Péssimo psicólogo e fisiologista você é, se acha que vivendo com uma mulher pode ficar só em considerações e respeito. A mulher, antes de tudo, precisa de cama.

— Vánia, Vánia... — embaraçou-se Samóilenko.

— Você é uma criança velha e um teórico e eu sou um jovem velho e um prático, nós nunca nos entenderemos. É melhor parar com essa conversa. Mustafá! — chamou Laiévski pelo garçom. — Quanto devemos?

— Não, não... — alvoroçou-se o médico, pegando a mão de Laiévski. — Quem paga sou eu. Fui eu que pedi. Põe na minha conta! — gritou ele para Mustafá.

Os amigos levantaram-se e, calados, caminharam pela avenida de beira-mar. Na entrada do bulevar, eles pararam e se despediram com um aperto de mãos.

— Os senhores são muito mal acostumados! — suspirou Samóilenko. — O destino lhes dá uma mulher jovem, bonita, culta, e vocês recusam! Se Deus quisesse me dar uma velhinha, nem que fosse torta, mas carinhosa e bondosa, como eu ficaria contente! Viveria com ela em meu vinhedo e...

Samóilenko apercebeu-se e completou: — ...e que lá essa velha bruxa aquecesse o samovar!

Ao se despedir de Laiévski, ele caminhou pelo bulevar. Quando Samóilenko, corpulento e majestoso, com rosto sério, caminhava pelo bulevar trajando túnica militar branca como a neve e botas lustradas, de peito inflado e decorado com a ordem de Vladimir num laço, ele estava muito orgulhoso de si e parecia-lhe que o mundo inteiro olhava para ele com prazer. Sem virar a cabeça ele via os lados do bulevar e achava que ele estava bem urbanizado, que eram muito bonitos os jovens ciprestes, os eucaliptos, as feias e definhadas palmeiras, que dariam, com o tempo, uma larga sombra, e que os circassianos[5] são um povo honesto e hospitaleiro.

"É estranho Laiévski não gostar do Cáucaso", pensou ele, "muito estranho".

Cinco soldados com fuzis, cruzando com ele, fizeram-lhe continência. Pela calçada direita do bulevar estava passando a esposa de um funcionário com seu filho ginasiano.

— Bom dia, Maria Konstantínovna! — gritou-lhe Samóilenko com um sorriso agradável. — Foram nadar? Há-há-há... Meus respeitos a Nikodím Aleksándritch!

E continuou andando com o sorriso no rosto, mas carregou o cenho, ao ver um dos enfermeiros que vinha a seu encontro, parou-o e perguntou:

— Tem alguém no hospital?

5 N.T.: grupo étnico originário do norte do Cáucaso.

— Ninguém, vossa excelência.

— Hein?

— Ninguém, vossa excelência.

— Está bem, vá andando...

Balançando-se majestosamente, dirigiu-se ao quiosque de limonada, onde atrás do balcão estava sentada uma judia velha e peituda que se passava por georgiana e disse em voz tão alta, como se comandasse um regimento:

— Tenha a bondade de me dar um copo de soda!

II

O desamor de Laiévski por Nadejda Fiódorovna explicava-se principalmente pelo fato de que tudo o que ela falava e fazia parecia-lhe ser falso ou semelhante à falsidade e tudo o que ele lia contra as mulheres e o amor não podia servir melhor no caso dele com Nadejda Fiódorovna e seu marido. Quando ele voltou para casa, Nadejda Fiódorovna, já vestida e penteada, estava sentada perto da janela com ar apreensivo no rosto, tomando café e folheando uma revista grossa, e ele pensou que tomar café não era acontecimento tão significante a ponto de causar apreensão e que ela só perdeu seu tempo fazendo penteado da moda, porque aqui não havia a quem e para que agradar. E na revista ele também viu falsidade. Pensou que ela se vestia e se penteava para parecer bonita e lia para parecer inteligente.

— Não faz mal se eu for me banhar hoje? — perguntou ela.

— Qual é o problema? Não provocará um terremoto, indo ou não, suponho...

— Não, só perguntei porque receio que o doutor possa ficar bravo.

— Então pergunte a ele, eu não sou doutor.

Dessa vez, o que mais desagradou Laiévski em Nadejda Fiódorovna foi seu pescoço branco descoberto e os caracóis de cabelo na nuca. Lembrou-se de que, quando Anna Karênina deixou de amar o marido, o que mais lhe desagradava nele eram suas orelhas grandes e pensou: "Como está certo! Certíssimo!".

Sentindo fraqueza e um vazio na cabeça, foi a seu escritório, deitou-se no sofá e cobriu o rosto com um lenço para não ser importunado pelas moscas. Pensamentos inexpressivos e langorosos passavam em sua cabeça como um interminável comboio de carroças numa noite chuvosa de outono e ele entrou num estado sonolento e depressivo. Achava que era culpado perante Nadejda Fiódorovna e seu marido e que por sua culpa seu marido havia falecido. Que era culpado perante sua própria vida que pôs a perder, perante o mundo das altas ideias, conhecimentos e labor, e esse mundo maravilhoso em sua imaginação era possível e existente não na beira do mar, onde vagam turcos famintos e abkhasios[6] preguiçosos, mas lá no norte, onde há ópera, teatros, jornais e todos os tipos de trabalho intelectual. Ser honesto, inteligente, elevado e puro só é possível lá e não aqui. Ele se culpava por não ter ideais, não ter uma causa que guiasse sua vida, embora no momento entendesse vagamente o que isso significava. Há dois anos, quando se apaixonou por Nadejda Fiódorovna, parecia-lhe que bastava estar junto dela e viajar para o Cáucaso e ele estaria a salvo da vida vulgar e vazia; assim agora ele tinha certeza de que bastava largar Nadejda Fiódorovna e ir a Petersburgo que ele obteria tudo o que precisava.

---

6 N.T.: nativos da região, uma das nacionalidades caucasianas.

— Fugir! — balbuciou ele, sentando-se e roendo as unhas. — Fugir!

Ele desenha em sua imaginação como entra no barco, depois almoça, toma cerveja, conversa com damas no convés, depois, em Sebastópol, pega o trem e parte. Viva a liberdade! As estações passam voando uma atrás da outra, o ar torna-se mais frio e ríspido, eis as bétulas e os pinheiros, eis a cidade de Kursk, Moscou... Nos restaurantes — sopa de repolho, carne de carneiro com trigo sarraceno, esturjão, cerveja, enfim, nada de Ásia, somente a Rússia, a verdadeira Rússia. Os passageiros conversam sobre o comércio, novos cantores, simpatias entre russos e franceses; por toda a parte sente-se a vida cultural, intelectual animada, latente... Mais rápido, rápido! Eis, finalmente, a avenida Névski, a rua Bolchaia Morskaia, a travessa Kóvenski, onde outrora morou com os estudantes, eis o querido céu cinzento, a garoa, os cocheiros encharcados...

— Ivan Andréitch! — chamou alguém do quarto vizinho. — Está em casa?

— Estou aqui! — respondeu Laiévski. — O que é?

— A papelada!

Laiévski levantou-se com preguiça, a cabeça girando, bocejando e, arrastando os chinelos, entrou no quarto vizinho. Lá, à janela aberta, estava do lado da rua um de seus jovens colegas, dispondo no peitoril os papéis da repartição.

— Já vai, meu caro — disse amavelmente Laiévski e foi buscar o tinteiro.

Ao voltar, ele assinou os papéis sem ler e disse: — Que calor!

— Sim. O senhor vem hoje?

IVAN
FIODOROVNA

— Duvido... Não me sinto bem. Diga a Chechkóvski, meu caro, que depois do almoço vou dar uma passada na casa dele.

O funcionário foi embora, Laiévski tornou a se deitar no sofá e começou a raciocinar.

"Pois bem, é preciso ponderar todas as circunstâncias e pensar bem. Antes de partir daqui, tenho de pagar as dívidas. Estou devendo perto de dois mil rublos. Dinheiro eu não tenho... Isso não importa, é claro; uma parte pagarei agora de qualquer forma, a outra enviarei depois de Petersburgo. O principal é Nadejda Fiódorovna... Antes de tudo é preciso deixar claro o nosso relacionamento... Sim".

Pouco tempo depois ele raciocinava: "Não seria melhor ir até Samóilenko e me aconselhar com ele? Talvez", pensou, "mas de que serviria? Outra vez falar fora de propósito sobre o *boudoir*, as mulheres, sobre o que é honesto ou desonesto. Que diabo de conversa pode haver sobre o que é honesto ou desonesto, se é preciso salvar minha vida o quanto antes, se estou me sufocando e me matando nessa maldita escravidão? Afinal, alguém tem de entender que continuar uma vida como a minha é tão infame e cruel que o resto parece ser insignificante, nulo. Fugir!" — balbuciava ele, sentando-se. — "Fugir!"

A orla do mar deserta, um calor abrasador e a monotonia das serranias lilases enevoadas, sempre as mesmas, silenciosas e solitárias, deixavam-no melancólico e sonolento e ele se sentia roubado por elas. Talvez fosse muito inteligente, talentoso, perfeitamente honesto; talvez se as montanhas e o mar não o cercassem por todos os lados, poderia se tornar um excelente homem público, homem de estado, orador, publicista, devoto. Quem sabe? Se for assim, não seria tolice discutir se é honesto ou desonesto, quando uma pessoa dotada e útil, músico ou pintor, por exemplo, quebra a parede e engana seus carcereiros para fugir do cativeiro? Para o homem nessa situação tudo é honesto.

Às duas da tarde, Laiévski e Nadejda Fiódorovna sentaram-se à mesa para almoçar. Quando a cozinheira serviu a sopa de arroz com tomates, Laiévski disse:

— Todo dia a mesma coisa. Por que não preparar sopa de repolho?

— Não há repolho.

— Estranho. Na casa de Samóilenko fazem sopa de repolho, e na casa de Maria Konstantínovna tomam sopa de repolho, somente eu sou obrigado a consumir essa lavagem adocicada. Desse jeito não dá, meu anjo.

Como acontece entre a maioria dos casais, nenhum almoço de Laiévski e Nadejda Fiódorovna passava sem reclamações e brigas, mas desde que Laiévski decidiu que não a amava mais, procurava ceder a Nadejda Fiódorovna em tudo, falava suave e cortesmente, sorria e até a chamava de meu anjo.

— O gosto dessa sopa parece com alcaçuz — disse ele sorrindo. Fazia esforço para ser amável, mas não se conteve e disse: — Ninguém aqui cuida da casa... Se você não estiver bem de saúde ou estiver ocupada com a leitura, eu posso tomar conta da cozinha.

Antes ela responderia: "Tome", ou "Vejo que quer fazer de mim uma cozinheira", mas agora apenas lançou um olhar tímido e corou.

— E aí, como se sente hoje? — perguntou-lhe carinhosamente.

— Hoje estou melhor. Um pouco fraca, só isso.

— É preciso se cuidar, meu anjo. Estou muito preocupado com você.

Nadejda Fiódorovna estava doente. Samóilenko dizia que ela tinha malária intermitente e a tratava com quinino; outro médico, Ustimóvitch, homem alto, magro e antissocial, que de dia ficava em casa e à noite passeava devagar pela avenida de beira-mar, tossindo, com os braços para trás, segurando sua bengala ao longo das costas, dizia que ela tinha uma doença de senhoras e prescrevia-lhe compressas quentes. Antes, quando Laiévski amava Nadejda Fiódorovna, seu estado despertava nele compaixão e preocupação por ela, agora ele só via falsidade, até na doença. Seu rosto sonolento e amarelado, o olhar apático e os bocejos depois dos ataques de malária, o fato de ela ficar acamada e coberta com uma manta, parecendo mais um menino do que uma mulher, os maus odores no quarto abafado — tudo isso destruía a ilusão e era um protesto contra o amor e o casamento.

O segundo prato foi espinafre com ovos cozidos e, para Nadejda Fiódorovna, pudim de frutas com leite, por causa da saúde. Quando ela, com ar preocupado, tocou o pudim com a colher e depois, sem vontade, começou a comer e acompanhá-lo com leite e ele ouviu seus sorvos, tamanho ódio tomou conta dele a ponto de dar coceira na cabeça. Ele entendia que esse sentimento seria ofensivo até em relação a um cão, porém não se aborreceu consigo mesmo, mas com Nadejda Fiódorovna, por ela ter despertado nele esse sentimento, e entendeu por que os amantes, às vezes, matam suas amadas. Ele mesmo não mataria, é claro, mas se nesse momento ele fosse um dos jurados, ele absolveria o assassino.

— *Merci*[7], meu anjo — disse ele ao terminar o almoço e deu-lhe um beijo na testa.

Voltando a seu escritório, ficou andando de um canto para o outro olhando de esguelha para as botas, depois se sentou no sofá e balbuciou:

— Fugir! Fugir! Pôr a limpo o relacionamento e fugir!

Deitou-se no sofá, e lembrou-se novamente de que talvez o marido de Nadejda Fiódorovna tenha morrido por culpa dele.

— Culpar uma pessoa por ter se apaixonado ou deixado de amar é tolice — convencia ele a si mesmo, deitado com as pernas levantadas para calçar as botas. — O amor e o ódio não estão em nosso poder. Quanto ao marido, é possível que indiretamente eu seja uma das causas de seu falecimento. Mas mesmo assim, que culpa eu tenho de ter me apaixonado pela mulher dele e ela por mim?

Em seguida ele se levantou e, ao achar seu quepe, dirigiu-se à casa de Chechkóvski, seu colega de trabalho, onde os funcionários se reuniam toda tarde para jogar *wint*[8] e tomar cerveja gelada.

"Minha indecisão me faz lembrar Hamlet. Como Sheakespeare estava certo! Oh, como estava certo!"

---

7 N.T.: em francês no original: Obrigado.

8 N.T.: do alemão: tipo de jogo de cartas.

III

Para quebrar a monotonia e atender à extrema necessidade dos recém-chegados e dos solteiros que não tinham onde almoçar por falta de hotéis na cidade, o doutor Samóilenko abriu em sua casa uma espécie de refeitório.

Nessa época, almoçavam com ele apenas duas pessoas: o jovem zoólogo von Koren, que no verão vinha ao Mar Negro estudar a embriologia das medusas, e o diácono Pobédov, recentemente saído do seminário e enviado à cidade com a missão de exercer as funções do velho diácono ausentado para tratar da saúde. Cada um pagava mensalmente doze rublos pelas refeições, e Samóilenko fez com que ambos prometessem chegar para o almoço às duas horas em ponto.

Von Koren costumava chegar primeiro. Na sala de visitas, calado, ele se sentava, pegava da mesa um álbum e começava a examinar atentamente as fotografias embaciadas de homens desconhecidos vestidos de pantalonas largas e cartolas e de damas de crinolinas e toucas. Samóilenko lembrava os nomes apenas de poucos deles e dos que havia esquecido dizia, suspirando: "Era uma pessoa excelente, de grande inteligência!"

Ao terminar com o álbum, von Koren pegava da prateleira a pistola e, apertando o olho esquerdo, mirava longamente o retrato do conde Vorontsov ou postava-se em frente ao espelho, examinando seu rosto moreno, a grande testa e o cabelo preto e crespo, tal qual o de um africano, sua camisa de algodão com grandes flores, parecida com um tapete persa, e o cinto largo em lugar de colete. A autocontemplação proporcionava-lhe prazer talvez maior do que a apreciação das fotografias ou da pistola com incrustações preciosas. Ficava muito contente vendo seu semblante, a barbicha de corte elegante, ombros largos que serviam de prova evidente da boa saúde e da compleição robusta. Ficava contente também com seu traje de janota, a começar pela gravata, escolhida para combinar com a cor da camisa, e terminando com as botinas amarelas.

Enquanto ele examinava o álbum e se mirava no espelho, Samóilenko, na cozinha e na despensa perto dela, sem a sobrecasaca e sem o colete, com o peito descoberto, banhando-se em suor, agitava-se em volta das mesas, preparando salada, algum molho ou carne, pepinos e cebola para a sopa de kvas e, com raiva, esbugalhava os olhos para o ordenança, que o ajudava, e brandia ora a colher, ora a faca contra ele.

— Passe para mim o vinagre! — ordenava ele. O vinagre não, o azeite! — gritava ele e batia o pé. — Onde vai, animal?

— Buscar o azeite, vossa excelência! — respondia com voz de taquara rachada o ordenança atarantado.

— Depressa! Está no armário! E diga pra Dária que coloque mais funcho no vidro com os pepinos! O funcho! E tampe o creme de leite, seu pamonha, senão as moscas entram!

Com seus gritos a casa toda parecia bramir. Faltando quinze ou dez para as duas, chegava o diácono, jovem de uns vinte e dois anos, enxuto, de cabelos longos, sem barba e com o bigode apenas despontando. Ao entrar na sala de visitas, ele se persignava diante do ícone, sorria e estendia a mão a von Koren.

— Boa tarde — disse friamente o zoólogo. — Onde esteve?

— No cais, pescando.

— Sim, é claro... Pelo visto, o senhor diácono jamais vai se ocupar do seu ofício.

— Por que não? O ofício não é um urso, não vai fugir para a floresta — respondia o diácono sorrindo e enfiando as mãos nos profundíssimos bolsos de sua sotaina branca.

— "Não há quem lhe dê uma surra!" — suspirava von Koren.

Passavam-se mais quinze, vinte minutos, mas o almoço não era servido e ainda ouvia-se o ordenança correndo da despensa para a cozinha e de volta, batendo botas, e Samóilenko gritando:

— Ponha na mesa! Onde está enfiando? Lave primeiro!

O diácono e von Koren, famintos, começavam a bater os saltos no chão, expressando sua impaciência, como espectadores na torrinha teatral. Finalmente a porta abria-se e o ordenança, extenuado, anunciava: "A comida está pronta!" Na sala de jantar, recebia-os Samóilenko, rubro do calor e do vapor da cozinha; com expressão de raiva e de horror olhava para eles, levantava a tampa da sopeira, fazia o prato de cada um e, somente quando via que eles comiam com apetite e gostavam da comida, suspirava com alívio e afundava-se na sua poltrona. Seu rosto tornava-se meigo e contente... Sem pressa, ele enchia seu cálice de vodca e dizia:

— À saúde da jovem geração!

Depois da conversa com Laiévski, desde a manhã até a tarde, Samóilenko, apesar da excelente disposição, não parava de sentir um certo peso no fundo da alma; tinha pena de Laiévski e gostaria de ajudá-lo. Ao tomar o cálice de vodca antes de passar à sopa, ele suspirou e disse:

— Hoje conversei com Vánia Laiévski. É difícil a vida do rapaz. O lado material não é nada consolador. O pior é que a psicologia o venceu. Tenho pena do rapaz.

— Eis uma pessoa de quem não tenho pena nenhuma! — disse von Koren. — Se esse moço simpático estivesse se afogando, eu ainda daria um empurrão com um pau: vai fundo, irmão, vai fundo...

— Não é verdade. Você não faria isso.

— Por que acha? — deu de ombros o zoólogo. — Também sou capaz de atos de bondade, como você.

— Afogar uma pessoa é ato de bondade? — perguntou o diácono e riu.

— Afogar Laiévski? Sim.

— Parece que está faltando alguma coisa na sopa... — disse Samóilenko, querendo mudar de assunto.

— Sem dúvida alguma Laiévski é pernicioso e é tão perigoso para a sociedade quanto o micróbio da cólera — prosseguiu von Koren. — Afogá-lo seria um mérito.

— Não lhe faz honra falar de seu próximo desse jeito. Diga, por que o odeia tanto?

— Não fale bobagens, doutor. Odiar e desprezar um micróbio é tolice, e considerar como seu próximo qualquer um, obrigatoriamente, sem distinção, fico muito grato, mas isso significa não raciocinar e se recusar a tratar pessoas com igualdade, numa palavra — lavar as mãos. Considero seu Laiévski um patife, não escondo isso e o trato como tal com toda minha honestidade. E já que você o considera seu próximo, continue trocando beijos com ele; o fato de você considerá-lo seu próximo significa que lhe dá o mesmo tratamento que dá a mim, ao diácono, isto é, trata-o com indiferença. Você é indiferente a todos.

— Chamar uma pessoa de patife! — balbuciou Samóilenko, fazendo cara de nojo. — Isso é mau a tal ponto que nem encontro palavras!

— As pessoas são julgadas por seus atos — prosseguiu von Koren. — Agora julgue, diácono ... Vou falar com o senhor. A atividade do senhor Laiévski está aberta diante do senhor como um rolo chinês e pode ser lida desde o começo até o fim. O que ele fez nesses dois anos de vida aqui? Vamos contar nos dedos. Em primeiro lugar, ensinou os habitantes da cidadezinha a jogar *wint*; há dois anos esse jogo não era conhecido aqui, e agora, de manhã até de madrugada, todo mundo joga *wint*, até mulheres e adolescentes; em segundo lugar, ensinou os moradores a tomar cerveja, que também era desconhecida aqui; e é a ele que os moradores devem seus conhecimentos sobre vários tipos de vodca, e podem de olhos fechados distinguir a vodca Kôchelev da vodca Smirnov número vinte e um; em terceiro: antes, os homens daqui dormiam com esposas alheias em segredo pelos mesmos motivos que se rouba às escondidas e não abertamente; o adultério era considerado algo que era vergonhoso expor à vista de todos; já o Laiévski foi pioneiro nesse assunto; convive com mulher alheia abertamente. Em quarto lugar...

Von Koren terminou depressa de tomar a sopa e entregou o prato ao ordenança.

— Entendi Laiévski no primeiro mês de nosso conhecimento — prosseguia ele, dirigindo-se ao diácono. — Chegamos aqui ao mesmo tempo. Pessoas como ele gostam de amizades, de aproximação, solidariedade e coisas semelhantes, porque eles sempre precisam de companhia para *wint*, bebidas e petiscos; além disso, são tagarelas e precisam de ouvintes. Fizemos amizade, isto é, ele aparecia em casa diariamente, não me deixava trabalhar e se abria comigo a respeito de sua concubina. Já nos primeiros dias ele me surpreendeu com sua extrema falsidade, que me dava enjoo, simplesmente. Como amigo, eu o censurava por beber muito, viver à larga contraindo dívidas, não se ocupar com nada, não ler, ter pouca cultura e poucos conhecimentos e, em resposta a isso, ele esboçava um sorriso amargo, suspirava e dizia: "Sou um pobre coitado, homem inútil", ou "O que você quer de nós, restos do regime de servidão?" ou: "Nós degeneramos...". Ou ainda começava com longos disparates sobre Onéguin, Petchórin, Caim de Byron, Bazárov[9], dizendo: "São nossos pais de sangue e alma". Quer dizer, entendam assim: não é culpa dele que os envelopes com documentos oficiais fiquem semanas sem serem abertos, não é culpa dele beber e habituar os outros à bebedeira, os culpados são Onéguin e Petchórin, e Turguênev, que inventou o homem inútil e fracassado. A causa do extremo desregramento e da indecência não está nele, mas fora dele, em algum lugar, no espaço. Além disso — essa é boa! — o libertino, o falso, o nojento não é apenas ele, mas nós... "nós, pessoas da década de oitenta", "nós, rebentos inertes e nervosos da servidão", "somos deformados pela civilização"... Enfim, nós devemos compreender que um grande homem, como Laiévski, é gran-

9 N.T.: personagens de obras de A. S. Púchkin (1799-1837), Yu. M. Lérmontov (1814-1841), poetas e escritores russos; G. Byron (1788-1824), poeta inglês e I.S. Turguênev (1818-1863), escritor russo, respectivamente.

de até em sua perdição; que sua devassidão, ignorância e falta de escrúpulos constituem um fenômeno histórico e natural, consagrado pela necessidade, que as causas são mundiais, espontâneas e que diante de Laiévski é preciso acender uma lamparina porque ele é vítima da época, das tendências, da hereditariedade e outras. Ouvindo-o, todos os funcionários e damas exclamam os Ahs! e Ohs!, enquanto eu, durante muito tempo, não conseguia entender com quem estava lidando: com um cínico ou com um espertalhão? Sujeitos como ele são um pouco intelectuais, um pouco educados, falam muito de sua própria nobreza, sabem passar por naturezas extraordinariamente complexas.

— Cale-se! — estourou Samóilenko. — Não admito que, em minha presença, falem mal de uma pessoa nobilíssima!

— Não me interrompa, Aleksandr Davíditch — respondeu friamente von Koren. — Já estou terminando. Laiévski não é um organismo complexo. Eis sua base moral: de manhã — chinelos, banho de mar e café; depois, antes do almoço — chinelos, passeio e conversas; às duas horas — chinelos, almoço e vinho; às cinco horas — banho de mar, chá e vinho; depois *wint* e mentiras; às dez — jantar com vinho; e depois da meia-noite — cama e *la femme*[10]. Sua existência encerra-se nesse programa rígido como um ovo na casca. Esteja ele caminhando, sentado, escrevendo, aborrecido ou alegre — tudo se resume a vinho, baralho, chinelos e mulher. A mulher tem um papel fatal, predominante. Ele mesmo conta que já com treze anos de idade estava apaixonado; quando estudante do primeiro ano, convivia com uma dama que teve

10 N.E.: em francês: A mulher.

sobre ele uma influência benéfica, e a quem ele deve sua educação musical. No segundo ano, ele resgatou uma prostituta do prostíbulo, elevou-a até si, isto é, fez dela sua concubina, ela viveu com ele por meio ano e fugiu de volta para o prostíbulo e essa fuga causou-lhe muitos sofrimentos. O coitado sofria tanto que teve de abandonar a universidade e ficar em casa por dois anos sem fazer nada. Mas foi para o melhor. Em casa, ele se amigou com uma viúva que o aconselhou a deixar a faculdade de direito e ingressar na faculdade de filologia. Foi o que ele fez. Ao terminar o curso ele amou com paixão sua atual... como é o nome? A casada, e teve de fugir para cá, para o Cáucaso, atrás dos ideais, diz ele. Se não for hoje, amanhã ele vai deixar de amá-la, fugirá para Petersburgo e também atrás dos ideais.

— Como pode saber? — resmungou Samóilenko, olhando com raiva para o zoólogo. — É melhor você continuar comendo.

Serviram tainhas cozidas com molho polonês. Com suas próprias mãos Samóilenko colocou a tainha inteira e o molho no prato de cada um de seus comensais. Uns dois minutos passaram-se em silêncio.

— A mulher tem um papel substancial na vida de cada homem — disse o diácono. Não há o que fazer.

— Sim, mas em que grau? Para todos nós, a mulher é mãe, irmã, esposa, amiga, já para Laiévski ela é tudo e sempre a amante. A mulher, isto é, a convivência com ela, é a felicidade e o objetivo de sua vida. Seus estados de alegria, tristeza, tédio, desilusão — tudo vem dela; a vida cansou — a culpa é da mulher; surgiu a aurora de uma nova vida, apareceram ideais — aí procure a mulher... Satisfazem-no somente aquelas obras ou quadros onde há mulher. Nossa época, na opinião dele, é ruim e pior do que a dos anos quarenta ou sessenta somente porque nós não sabemos nos entregar plenamente ao êxtase de amor e paixão. Esses voluptuosos devem ter algum tumor especial como um sarcoma no cérebro, que o comprime e dirige todo o psíquico do homem. Observem Laiévski quando ele está entre pessoas. Reparem que, quando se discute um assunto geral sobre uma célula ou um instinto, ele fica de canto, calado, não presta atenção, frustrado, nada é interessante para ele, tudo é vulgar e insignificante, mas basta começar a falar sobre machos e fêmeas, por exemplo, sobre a fêmea da aranha que depois de fecundada devora o macho, os olhos dele ardem de curiosidade, o semblante desanuvia-se, enfim, o homem ressuscita. Todos os seus pensamentos, por mais nobres, elevados ou indiferentes que sejam, sempre têm o mesmo ponto comum de convergência. Por exemplo, você está andando ao lado dele pela rua e encontra um jumento. "Diga, por favor" — pergunta ele — "o que aconteceria se cruzarmos uma jumenta com um camelo?" E os sonhos dele! Chegou a lhes contar seus sonhos? É fantástico! Ora ele sonha que o casam com a Lua, ora ele é chamado à polícia e obrigado a ter relações sexuais com uma guitarra...

O diácono se desfez em riso sonoro; Samóilenko carregou o cenho e contraiu o rosto para não rir, mas não se conteve e deu gargalhadas.

— E tudo isso ele inventa! — disse ele, enxugando os olhos. — Juro que inventa.

IV

O diácono gostava muito de rir e ria por qualquer coisa até sentir pontadas do lado, até não poder mais. Dava a impressão de que ele gostava de estar entre as pessoas somente porque elas têm seus lados cômicos e podia lhes dar apelidos engraçados. Apelidou Samóilenko de tarântula, o ordenança dele, de pato, e ficou eufórico quando von Koren, um dia, chamou Laiévski e Nadejda Fiódorovna de macacos. Ele fitava os rostos com avidez, ouvia sem piscar e percebia-se como seus olhos enchiam-se do riso e o rosto tornava-se tenso, aguardando o momento quando poderia se permitir rolar de rir.

— Esse sujeito depravado e perverso — prosseguia o zoólogo, enquanto o diácono estava de olhos cravados nele, esperando por palavras engraçadas. — É raro encontrar tamanha nulidade. De corpo ele é murcho, débil e velho, e de intelecto não se diferencia em nada de uma gorda mulher de mercador que só fica zampando, bebendo, dormindo no colchão de plumas e tem o cocheiro como amante.

O diácono gargalhou outra vez.

— Não ria, diácono — disse von Koren —, afinal, isso é bobagem. Eu nem teria prestado atenção nele — continuou o zoólogo, quando o diácono parou de rir —, teria passado reto, não fosse ele tão nocivo e perigoso. O perigo consiste no sucesso que ele tem entre as mulheres e, portanto, pode deixar descendentes, isto é, presentear o mundo com uma dúzia de Laiévskis, tão débeis e perversos quanto ele. Em segundo lugar, ele é altamente contagioso. Eu já falei do *wint* e da cerveja. Mais um ou dois anos e ele conquista o litoral caucasiano inteiro. Vocês sabem como as massas e, principalmente, a classe média, confiam na intelectualidade e na educação universitária, na nobreza das maneiras e na cultura da língua corrente. Qualquer ato indecente que ele comete, todos acreditam que isso seja bom, que é assim que tem de ser, porque ele é um intelectual, liberal e universitário. Além disso, ele é um pobre coitado, homem inútil, neurastênico, vítima dos tempos, o que significa que tudo lhe é permitido. Rapaz simpático, boa alma, toma tão a peito todas as fraquezas humanas, é condescendente, maleável, bom caráter, não tem soberba, com ele pode-se tomar umas e outras, ser desbocado, mexericar... As massas sempre tendem ao antropomorfismo na religião e na moral e gostam mais daqueles ídolos que têm as mesmas fraquezas que elas. Então, julguem vocês mesmos a amplitude do campo que ele tem para contagiar! Além do mais, ele é um bom ator, um hipócrita hábil e sabe perfeitamente com quantos paus se faz a canoa. Vejam suas evasivas e seus truques a respeito da civilização, por exemplo. Ele nem chegou perto dela e no entanto: "Ah, como somos deformados pela civilização! Que inveja eu tenho dos bárbaros, esses frutos da natureza que não conhecem a civilização!" Deve ser entendido que outrora ele foi um servidor devoto de corpo e alma da civilização, mas ela o cansou, decepcionou, enganou; ele se considera um Fausto, o segundo Tolstói... Quanto a Schopenhauer e Spencer, ele simplesmente os maltrata como moleques e dá uns tapinhas paternais nos ombros deles: e aí, irmão Spencer? É claro que ele não leu Spencer, mas como é simpático ele falar de sua patroa com uma leve ironia: "Ela leu Spencer!" E todos o ouvem, mas ninguém quer entender que esse charlatão não tem o direito não só de falar sobre Spencer nesse tom, como de beijar a sola do chinelo de Spencer! Quem refuta a civilização, mina autoridades, altares alheios, joga lama e acena para eles piscando feito um palhaço somente para esconder sua própria impotência e miséria moral só pode ser mesmo um animal baixo, nojento e muito presunçoso.

— Não sei, Kólia[11], o que você quer dele — disse Samóilenko, olhando para o zoólogo já sem raiva e com ar de culpa. — É um homem igual a todos os outros. Não sem defeitos, é claro, mas no nível de ideias atuais, está a serviço, trabalha para o bem da pátria. Há dez anos trabalhava aqui como agente comercial um velhinho, homem de grande inteligência. Pois ele costumava dizer...

— Chega, chega... — interrompeu-o o zoólogo. — Você diz que ele trabalha. Mas como? Será que com a chegada dele as coisas aqui melhoraram, os funcionários ficaram mais disciplinados, honestos e polidos? Pelo contrário, com o prestígio que ele tem de ser universitário e inteligente ele apenas sancionou o desleixo deles. Ele é disciplinado apenas no dia vinte de cada mês, quando recebe o ordenado, em todos os outros dias ele arrasta seus chinelos em casa e procura ter ar de quem faz um grande favor ao governo russo morando aqui, no Cáucaso. Não, Aleksandr Davíditch, não interceda por ele. Você não está sendo sincero, do início ao fim. Se realmente o amasse e

11 N.T.: diminutivo de Nikolai.

O DIÁCONO POBEDOV

o considerasse seu próximo, em primeiro lugar não seria indiferente e condescendente aos vícios dele, e para o bem dele trataria de neutralizá-lo.

— Como assim?

— Neutralizá-lo. Já que ele é incorrigível, só há um meio de neutralizá-lo...

Von Koren passou o dedo em seu pescoço.

— Ou afogá-lo, talvez... acrescentou ele. É do interesse da humanidade e do nosso próprio! Esse tipo de gente deve ser exterminado. Sem falta.

— O que está falando?! — resmungou Samóilenko, levantando-se e olhando com surpresa para o rosto sereno e frio do zoólogo. — Diácono, o que ele está dizendo? Será que você regula bem?

— Eu não insisto na pena de morte — disse von Koren. — Se for provado que ela é prejudicial, inventem algum outro meio. Se não for possível eliminar Laiévski, então que seja isolado, despersonalizado, mandado para as obras públicas...

— O que está falando?! — apavorou-se Samóilenko. — Ponha pimenta, pimenta! — gritou ele, vendo que o diácono estava comendo abobrinhas recheadas sem ter colocado pimenta. — Você, homem de grande inteligência, o que está falando?! Mandar para obras públicas o nosso amigo, homem orgulhoso, intelectual!

— E se for orgulhoso e resistir, agrilhoar!

Samóilenko já não conseguia pronunciar palavra alguma, somente mexia com os dedos; o diácono olhou para sua cara pasma e realmente cômica e gargalhou.

— Vamos parar com essa conversa — disse o zoólogo. — Mas não se esqueça de uma coisa, Aleksandr Davíditch: o que protegia a humanidade primitiva de tipos como Laiévski eram a seleção natural e a luta pela sobrevivência; agora a nossa cultura afrouxou a luta e a seleção e nós mesmos devemos cuidar da eliminação dos débeis e inaptos, senão, quando os Laiévskis proliferarem, a civilização morrerá, a humanidade acabará degenerando totalmente. E os culpados seremos nós.

— Se é preciso afogar e enforcar gente — disse Samóilenko —, ao diabo com sua civilização, ao diabo com a humanidade! Ao diabo! Eis o que vou lhe dizer: é o homem mais erudito, de enorme inteligência e orgulho da pátria. Mas os alemães estragaram você. Sim. Alemães! Alemães!

Desde que Samóilenko deixou a cidade de Derpt, onde estudou medicina, raramente tinha contato com alemães, não leu um livro sequer em alemão, mas, na opinião dele, todo o mal na política e na ciência provinha dos alemães. De onde surgiu essa opinião, ele mesmo não poderia dizer, mas a mantinha firmemente.

— Sim, alemães! — repetiu ele. — Vamos tomar chá.

Os três levantaram-se. Colocaram seus chapéus, saíram para o jardim e se acomodaram à sombra de uns bordos pálidos, pereiras e uma castanheira. O zoólogo e o diácono sentaram-se no banco perto da mesa e Samóilenko deixou-se cair numa poltrona de vime com espaldar largo e inclinado. O ordenança trouxe chá, geleia de frutas e uma garrafa de xarope.

Fazia calor, uns trinta e cinco graus à sombra. O ar quente estava parado e a teia de aranha suspensa na castanheira até o chão não se mexia. O diácono pegou o violão, que sempre estava na grama perto da mesa, afinou-o e cantou baixo em voz fininha: "Os seminaristas, na porta da taberna...", mas parou de tanto calor, enxugou o suor da testa e olhou para o cálido céu azul.

Samóilenko cochilou. O calor, o silêncio e uma doce sonolência que dominou rapidamente todo seu corpo após o almoço o deixaram mole e inebriado; os braços caíram, os olhos ficaram pequenos, a cabeça pendia para o peito. Com enternecimento lacrimoso ele olhou para von Koren e o diácono e balbuciou:

— A nova geração... a estrela da ciência e o luminar da igreja... Quem sabe a aleluia de sotaina longa vai ser metropolitana e vamos ter de beijar a mão dele... Bem... Deus queira...

Logo ouviu-se o ronco. Von Koren e o diácono terminaram de tomar seu chá e saíram para a rua.

— Volta a pescar no cais? — perguntou o zoólogo.

— Não, está muito quente.

— Vamos à minha casa. Lá você empacota a encomenda e escreve alguma coisa. E, aproveitando a ocasião, pensaremos juntos sobre alguma ocupação para você. É preciso trabalhar, diácono. Não pode continuar assim.

— Suas palavras são justas e lógicas — respondeu o diácono —, mas minha preguiça desculpa-se pelas circunstâncias de minha vida atual. Você sabe que a incerteza da situação causa apatia nas pessoas. Só Deus sabe se fui enviado para cá por algum tempo ou para sempre. Vivo numa indefinição, enquanto minha mulher fica vegetando na casa de seu pai e com saudades de mim. E confesso que estou com os miolos derretidos de tanto calor.

— Bobagem — disse o zoólogo —, pode se acostumar com o calor e com a vida sem sua mulher também. Não deve se mimar. Controle-se.

V

De manhã, Nadejda Fiódorovna ia se banhar e, atrás dela, ia sua cozinheira Olga, carregando uma jarra, uma bacia de cobre, lençóis e uma esponja. No ancoradouro, havia dois navios de carga desconhecidos com chaminés brancas sujas, estrangeiros, pelo visto. Homens de roupas e chinelos brancos andavam pelo cais gritando alto em francês e alguém respondia do navio. Na pequena igreja municipal, batiam os sinos.

"Hoje é domingo!", lembrou-se com prazer Nadejda Fiódorovna.

Sentia-se totalmente sã, alegre e com humor festivo. Em seu novo vestido folgado, feito de xantungue de seda, e com grande chapéu de palha cujas abas, dobradas para as orelhas, enquadravam seu rosto como uma caixinha, ela se achava muito bonitinha. Pensava que na cidade inteira havia somente uma mulher jovem, bonita e culta: ela. E que somente ela sabia se vestir com bom gosto, elegância e sem gastar muito. Seu vestido, por exemplo, custou apenas vinte e dois rublos e era tão charmoso! Somente ela poderia ser admirada pelos homens da cidade, que eram muitos. Portanto, certamente, tinham inveja de Laiévski, querendo ou não.

Ela se alegrava por Laiévski tratá-la ultimamente com frieza, cortesia reservada e, às vezes, até com petulância e grosseria; antes, a todos seus desatinos, olhares frios, de desprezo ou estranhos e incompreensíveis, ela reagiria com lágrimas, queixumes ou ameaças de deixá-lo ou de se matar de fome. Agora apenas corava, olhava para ele com ar culpado e regozijava-se pelo fato de que ele não a procurava para fazer carinhos. Seria melhor e mais agradável se ele brigasse ou a ameaçasse, porque ela se sentia totalmente culpada perante ele. Achava que tinha culpa porque, em primeiro lugar, não compartilhava dos sonhos dele de levar uma vida laboriosa, que o levaram a sair de Petersburgo e vir ao Cáucaso, e tinha certeza de que ele estava zangado com ela justamente por isso. Quando viajava para o Cáucaso, pensava que acharia lá um recanto na beira do mar, um jardinzinho acolhedor com sombra, pássaros e riachos, onde poderia plantar flores e hortaliças, criar patos e galinhas, receber vizinhos, medicar campônios pobres e distribuir livros entre eles; mas constatou que o Cáucaso são montanhas rochosas, selvas e vales enormes. Para achar um terreno e construir uma casa levaria muito tempo. E não havia vizinho nenhum, fazia muito calor e havia o perigo de serem roubados.

Laiévski não tinha pressa em adquirir um terreno; ela estava contente com isso e ambos, como que mentalmente, combinaram nunca fazer menções sobre a vida laboriosa. "Ele não fala", pensava ela, "significa que está bravo por eu não falar."

Em segundo lugar, nesses dois anos, ela, sem o conhecimento dele, pegou na loja de Atchmiánov várias miudezas no valor de uns trezentos rublos. Pegava aos poucos — ora um tecido, ora uma seda, uma sombrinha — e, imperceptivelmente, a dívida acumulou-se.

— Hoje mesmo vou lhe dizer isso... — decidiu ela, mas no mesmo instante raciocinou que, com o atual estado de humor de Laiévski, não seria oportuno falar para ele das dívidas.

Em terceiro, já duas vezes, na ausência de Laiévski, ela recebeu em casa Kirílin, o comissário de polícia: uma vez de manhã, quando Laiévski foi se banhar, e a segunda vez, à meia-noite, quando ele estava jogando cartas. Ao se lembrar disso, Nadejda Fiódorovna ruborizou-se, olhou para trás, como que receando que a cozinheira pudesse ler seus pensamentos. Os dias longos, insuportavelmente quentes e enfadonhos, as noites lindas e langorosas, as madrugadas mormacentas e toda essa vida, quando desde a manhã até a noite não se sabe como matar o tempo, e os pensamentos obsessivos de que ela é a mulher mais bonita e jovem da cidade e que a sua juventude passa em vão, e o próprio Laiévski, homem honesto e de convicções, mas monótono, sempre arrastando os pés, roendo as unhas e aborrecendo-a com suas manhas, fizeram com que, pouco a pouco, os desejos se apoderassem dela e, dia e noite, como uma louca, ela só pensava numa coisa. Em seu alento, olhares, no tom de voz e na maneira de andar, ela sentia apenas desejo; o marulho dizia a ela que era preciso amar, a escuridão noturna, as montanhas diziam o mesmo... E quando Kirílin começou a cortejá-la, ela não teve forças, não quis e não pôde resistir e se entregou a ele...

Agora, os navios estrangeiros e os homens de branco, não se sabe por quê, lembraram a ela uma enorme sala; com o som

NADEJDA
KIRÍLIN

do francês surgiram em seus ouvidos uns sons de valsa e seu peito tremeu de alegria. Deu-lhe vontade de dançar e de falar em francês.

Com alegria ela pensou que em sua traição não houvera nada de terrível. Sua alma não participara da traição, ela continuava amando Laiévski e o ciúme e a saudade que tinha dele quando ele não estava em casa evidenciavam isso. Além do mais, Kirílin não era lá grande coisa, um tanto rude, embora bonito, o caso com ele já estava encerrado e não haveria mais nada. O que passou, passou, ninguém tinha nada a ver com isso e, mesmo se Laiévski soubesse, não acreditaria.

À beira-mar havia apenas um lugar reservado para as damas se banharem. Os homens banhavam-se a céu aberto. Chegando ao local do banho, Nadejda Fiódorovna encontrou lá Maria Konstantínovna Bitiugova, senhora de idade, esposa de um funcionário, e sua filha Kátia, ginasiana, de quinze anos. Ambas estavam sentadas num banco, tirando a roupa. Maria Konstantínovna era uma pessoa bondosa, fina e exaltada que falava enfaticamente e numa voz arrastada. Até seus trinta e dois anos ela era preceptora numa família, depois se casou com Bitiugov, funcionário público, homem baixinho, careca, que puxava o cabelo para a fronte e muito pacato. Ela continuava apaixonada por ele, sentia ciúmes, corava só de ouvir a palavra "amor" e assegurava a todos que vivia muito feliz.

— Meu bem! — disse ela enfaticamente, ao ver Nadejda Fiódorovna, dando a seu rosto uma expressão que todos chamavam de "açucarada". — Querida, que bom que você veio! Vamos nos banhar juntas, isso é encantador!

Olga tirou rapidamente seu vestido e as anáguas e começou a despir sua patroa.

— Hoje não faz tanto calor quanto ontem, não é? — disse Nadejda Fiódorovna, encolhendo-se a cada toque rude das mãos da cozinheira. Ontem quase morri de tão abafado que estava!

— Oh, sim, meu bem! Eu também não me sufoquei por pouco. Ontem vim me banhar três vezes! Acredita? Três vezes... imagine só, querida, três vezes! Até o Nikodím Aleksándritch ficou preocupado!

"Mas como é possível serem tão feias!", pensou Nadejda Fiódorovna, olhando para Olga e para a mulher do funcionário. Olhou para Kátia e pensou: "O corpinho da menina não é nada mau".

— Seu Nikodím Aleksándritch é muito, muito simpático! — disse ela. — Eu simplesmente estou apaixonada por ele.

— Há-há-há! — riu forçadamente Maria Konstantínovna. — Isso é encantador!

Livre da roupa, Nadejda Fiódorovna sentiu vontade de voar. E parecia-lhe que, se levantasse os braços, levantaria voo. Tinha reparado que Olga olhava com nojo para sua pele branca enquanto tirava a roupa. Olga, uma jovem, mulher de soldado, vivia com seu marido legítimo e por isso se achava melhor e superior a ela. Sentia também que Maria Konstantínovna e Kátia não a respeitavam e tinham medo dela. Isso era desagradável e, para se elevar no conceito delas, disse:

— Agora em Petersburgo está no auge a temporada de veraneio. Nós, meu marido e eu, temos tantos amigos! Precisamos ir até lá para revê-los.

— Seu marido é engenheiro, se não me engano? — perguntou timidamente Maria Konstantínovna.

— Estou falando de Laiévski. Ele tem muitas amizades. Mas, infelizmente, a mãe dele é uma aristocrata altiva, medíocre...

Nadejda Fiódorovna não terminou de falar e jogou-se na água e, atrás dela, entraram Maria Konstantínovna e Kátia.

— Há muitos preconceitos em nossa sociedade — prosseguiu Nadejda Fiódorovna — e não se vive tão fácil como parece.

Maria Konstantínovna, que trabalhou em casas de famílias aristocráticas e era conhecedora da sociedade, disse:

— Oh, sim! Sabe, querida, na casa dos Garatínski, no almoço e no jantar, era preciso aparecer bem trajado, portanto eu, feito atriz, recebia para meu guarda-roupa, além do salário.

Ela se colocou entre Nadejda Fiódorovna e Kátia, como que protegendo sua filha contra as águas que banhavam Nadejda Fiódorovna.

Pela porta aberta que dava para o mar via-se que, a uns cem metros da piscina, alguém estava nadando.

— Mamãe, é o nosso Kóstia! — disse Kátia.

— Ai, ai! — assustou-se Maria Konstantínovna feito uma galinha por seus pintinhos. — Ai! Kóstia! — gritou ela — volte! Kóstia, volte!

Kóstia, menino de uns quatorze anos, para exibir sua bravura na frente da mãe e da irmã, mergulhou, e continuou nadando, mas cansou e se apressou em retornar e, por sua cara séria, percebia-se que não confiou em suas forças.

— Ah, querida, esses meninos são um problema! — disse Maria Konstantínovna acalmando-se. — De um momento para outro, são capazes de torcer o pescoço. Sabe, querida, é tão bom e, ao mesmo tempo, tão duro ser mãe! Receia-se de tudo!

Nadejda Fiódorovna colocou seu chapéu de palha e saiu nadando para o mar aberto. Afastou-se umas quatro braças e virou-se, ficando de costas. Ela via o mar até o horizonte, os navios, as pessoas na margem, a cidade, sentia o calor, as ondas meigas e transparentes e tudo isso a excitava e sussurrava-lhe que era preciso viver, viver...

Um veleiro passou rapidamente perto dela cortando as ondas energicamente; o homem ao leme ficou olhando para ela. E isso lhe foi agradável.

Depois de se banharem, as damas vestiram-se e saíram juntas.

— Tenho malária um dia sim, outro não e, no entanto, não emagreço — disse Nadejda Fiódorovna, lambendo os lábios salgados depois do nado e respondendo com um sorriso os cumprimentos dos conhecidos. — Sempre fui roliça e agora parece que engordei mais.

— Isso é por causa da predisposição. A quem não é predisposto a engordar, como eu, por exemplo, nenhuma alimentação vai ajudar. Querida, seu chapéu está molhado.

— Não faz mal, ele seca.

Outra vez Nadejda Fiódorovna viu homens de branco que andavam pela avenida à beira-mar e falavam francês. Sabe-se lá por que seu peito encheu-se de alegria e, na memória novamente surgiu vagamente uma sala grande, na qual ela havia dançado outrora ou com a qual ela havia sonhado. E, bem no fundo da alma, algo lhe sussurrava de modo confuso e surdo que ela era uma mulher mesquinha, vulgar, má e insignificante...

Maria Konstantínovna parou no portão de sua casa e convidou-a para entrar.

— Entre, minha querida — disse ela em tom suplicante e ao mesmo tempo olhou para Nadejda Fiódorovna com angústia e esperança: "talvez recuse e não entre!"

— Com muito prazer —, aceitou Nadejda Fiódorovna. — A senhora sabe como eu gosto de sua casa!

E ela entrou. Maria Konstantínovna acomodou-a, ofereceu café e pães doces, depois lhe mostrou fotografias de suas antigas pupilas — as senhoritas Garatínski, que já estavam casadas; mostrou também as notas que Kátia e Kóstia receberam nos exames; as notas eram muito boas, mas, para que elas parecessem ainda melhores, queixou-se com suspiros de como era difícil agora estudar no ginásio... Dava toda a atenção à visita e, ao mesmo tempo, sentia pena dela e sofria com a ideia de que a presença de Nadejda Fiódorovna poderia ser má influência para Kátia e Kóstia e dava graças a Deus que seu Nikodím Aleksándritch não estava em casa. E, como em sua opinião todos os homens gostam das mulheres "desse tipo", ela poderia ser má influência para Nikodím Aleksándritch também.

Conversando com a visita, Maria Konstantínovna lembrava o tempo todo que naquele dia, à noite, haveria um piquenique e que von Koren havia-lhe pedido encarecidamente que não falasse sobre isso aos macacos, isto é, a Laiévski e Nadejda Fiódorovna, mas ela deixou escapar, corou e disse:

— Espero que a senhora também vá.

VI

Ficou combinado pegar o caminho que levava ao sul e ir até a taberna, a sete *verstas*[12] da cidade, perto da confluência dos rios Preto e Amarelo e lá fazer a sopa de peixe. Saíram logo depois das cinco da tarde. Na frente, numa caleche, estavam Samóilenko e Laiévski; atrás deles, numa caleche a três cavalos, seguiam Maria Konstantínovna, Nadejda Fiódorovna, Kátia e Kóstia e, com eles, a cesta com a provisão e a louça. No carro seguinte, estavam o comissário de polícia Kirílin, o jovem Atchmiánov, filho do mercador a quem Nadejda Fiódorovna devia trezentos rublos, e diante deles, num banquinho, com as pernas e o corpo encolhidos, estava Nikodím Aleksándritch, homem miúdo, bem arrumadinho e com o cabelo puxado para a fronte. Atrás de todos iam von Koren e o diácono. Aos pés do diácono estava o cesto com peixes.

— Pra direita! — berrava Samóilenko quando vinha de encontro uma carroça ou um abkhásio montado numa mula.

— Daqui a dois anos, quando eu tiver recursos e gente, vou fazer uma expedição — contava von Koren ao diácono. — Vou seguindo a beira de Vladivostok até o estreito de Be-

12 N.T.: antiga medida russa de comprimento, igual a 1,06 km.

ring e depois, do estreito até a foz do rio Ienissei. Nós vamos fazer o mapa, estudar a fauna e a flora, a geologia e faremos pesquisas antropológicas e etnográficas. Depende de você ir comigo ou não.

— Isso é impossível — disse o diácono.

— Por quê?

— Sou um homem comprometido, tenho família.

— Sua esposa deixará você viajar. Nós providenciaremos o sustento dela. Seria melhor se você mesmo a convencesse a tomar o véu, para o bem comum, isso daria a você a possibilidade de tomar o hábito e fazer a expedição como monge sacerdote. Posso lhe arranjar isso.

O diácono não respondeu.

— Conhece bem a parte teológica? — perguntou o zoólogo.

— Bastante mal.

— Hum... Não posso lhe dar nenhum preceito nesse assunto, porque também tenho poucas noções em matéria de teologia. Faça uma lista dos livros necessários e, no inverno, eu os envio para você de Petersburgo. Além disso, seria necessário ler as notas dos viajantes eclesiásticos. Há entre eles bons etnólogos e conhecedores de línguas orientais. Quando conhecer os métodos deles, será mais fácil para você dar início ao trabalho. Bem, enquanto não há livros, não perca tempo, venha à minha casa, vou lhe mostrar como se usa a bússola, ensinar meteorologia. Tudo isso é indispensável.

— Está certo, mas... — disse baixinho o diácono e riu. — Solicitei um lugar na Rússia central e meu tio, arcipreste, prometeu me ajudar. Se eu viajar com você, não vai ficar bem eu ter incomodado pessoas em vão.

— Não entendo essas suas dúvidas. Se continuar como um simples diácono, que é obrigado a trabalhar somente nos feriados e descansar nos outros dias da semana, dentro de dez anos será o mesmo diácono de hoje, o que vai crescer é a barba e o bigode, talvez. Ao passo que, após a expedição, dentro dos mesmos dez anos, você será outro homem, com a consciência enriquecida por ter feito alguma coisa.

Da equipagem das damas ouviram-se gritos de horror e admiração. Os carros seguiam por um caminho aberto num rochedo escarpado, e todos se sentiram como se estivessem pulando sobre uma prateleira colocada no alto de um paredão, e que naquele instante todos os carros iam cair num precipício. À direita, estendia-se o mar; à esquerda, estava uma parede marrom irregular com manchas pretas, veias vermelhas e rizomas trepadores e, de cima, os ciprestes inclinados olhavam como que com medo e curiosidade. Um minuto depois — novos gritos estridentes e risos: estavam passando debaixo de um enorme penhasco pendente.

— Não entendo por que diabo estou indo com vocês — disse Laiévski. — Que tolice e vulgaridade! Devo ir ao norte, fugir para me salvar e, não sei por quê, vou a esse piquenique idiota.

— Mas olhe só que panorama! — disse-lhe Samóilenko, quando os cavalos viraram à esquerda e descortinou-se o vale do Rio Amarelo, e brilhou o próprio rio — amarelo, turvo, furioso...

— Sacha[13], não vejo nada de bom nisso — respondeu Laiévski. — Viver admirando a natureza significa demonstrar

13 N.T.: diminutivo de Aleksandr.

O QUIOSQUE

pobreza de sua imaginação. Em comparação com aquilo que minha imaginação pode me dar, todos esses riachos e rochas são porcaria, não mais do que isso.

As caleches já estavam seguindo pela borda do rio. As ribanceiras rochosas se aproximavam, o vale se estreitava e mais adiante se transformava em desfiladeiro. A montanha ao lado da qual eles passavam era feita pela própria natureza de pedras enormes que pesavam umas sobre as outras com força tão terrível que Samóilenko, sem querer, soltava um gemido, quando olhava para elas. A montanha linda e sinistra estava cortada por rachaduras e gargantas estreitas das quais vinham sopros de umidade e mistério. Através das gargantas viam-se outras montanhas — pardas, rosadas, liláceas, cor de fumaça ou inundadas por uma luz forte. De vez em quando, passando perto das gargantas, ouvia-se o som da água caindo do alto e batendo nas pedras.

— Ah, malditas montanhas — suspirava Laiévski —, como me cansam!

No lugar da confluência do rio Preto com o Amarelo, as águas parecidas com tinta de escrever sujavam as amarelas e lutavam com elas. À parte do caminho, estava a taberna do tártaro Kerbalai, com a bandeira russa no telhado e com a placa onde estava escrito com giz: "Taberna agradável". Perto dela havia um pequeno jardim com uma cerca de vime, no qual havia mesas e bancos e, do meio de um raquítico arbusto espinhento, elevava-se um único cipreste, bonito e escuro.

Kerbalai, tártaro baixinho e lesto, de camisa azul e avental branco, estava parado no caminho e, abraçando sua barriga, fazia reverências aos carros que chegavam e sorria mostrando seus dentes brancos e brilhantes.

— Salve, Kerbalai! — gritou-lhe Samóilenko. — Nós vamos um pouco mais para frente! Leve o samovar e as cadeiras pra lá! Depressa!

Kerbalai acenava com a cabeça, falava baixo qualquer coisa e só os que estavam no último carro conseguiram ouvir:
— Temos trutas, vossa excelência!

— Leve, leve! — disse-lhe von Koren.

Ao se afastar uns quinhentos passos da taberna, as caleches pararam. Samóilenko escolheu um pequeno prado com pedras espalhadas, que serviam para se sentar, e um tronco de árvore, arrancado pela tempestade, mostrava suas raízes peludas e agulhas secas amareladas. Por cima do rio passava uma pontezinha precária feita de troncos de árvore. Na outra margem, bem em frente, havia um pequeno galpão para secar milho, que se apoiava numas estacas baixas e lembrava a casinha com pés de galinha do conto de fadas; da porta descia uma escadinha.

A primeira impressão de todos foi de que jamais eles conseguiriam sair dali. Por toda a parte erguiam-se montanhas, fechando o cerco, e, do lado da taberna e do cipreste, rapidamente vinha a escuridão noturna. Isso dava a impressão de que a curva do estreito vale do rio Preto tornava-se ainda mais estreita e as montanhas mais altas. Ouviam-se o resmungo do rio e a incessante estridulação das cigarras.

— É encantador! — disse Maria Konstantínovna, dando suspiros profundos de admiração. — Filhos, olhem, como é bom! Que silêncio!

— Sim, realmente é bom! — concordou Laiévski, que gostou da vista e, quando olhou para o céu e depois para a fumaça azul saindo da chaminé da taberna, sentiu-se triste, de repente. — Sim, é bom! — repetiu ele.

— Ivan Andréitch, faça a descrição desta vista! — disse Maria Konstantínovna em tom sentimental.

— Para quê? — perguntou Laiévski. — A impressão é melhor do que qualquer descrição. Os escritores transformam a riqueza de cores e sons que recebemos por impressão direta da natureza num palavreado, em algo disforme e irreconhecível.

— Será? — perguntou friamente von Koren que, ao escolher a maior pedra perto da água, tentava subir nela para se sentar. — Será? — repetiu ele, fitando Laiévski. — E *Romeu e Julieta*? Ou A *noite ucraniana*[14] de Púchkin, por exemplo? A natureza deveria lhe fazer uma reverência profunda.

— Talvez... — concordou Laiévski, que estava com preguiça para raciocinar e discutir. — Aliás — disse ele pouco depois —, o que é *Romeu e Julieta* propriamente falando? Um amor bonito, poético, sagrado — rosas, sob as quais querem esconder a podridão. Romeu é um animal como todo mundo.

— Qualquer assunto em que se toca, você o reduz a...

Von Koren olhou para Kátia e se calou.

— Reduzo a quê? — perguntou Laiévski.

— Se alguém lhe disser, por exemplo, "como é bonito este cacho de uvas!" você retruca: "sim, mas como é horroroso quando mastigado e digerido no estômago!" Para que falar disso? Não é novidade e... em geral, é uma maneira estranha.

Laiévski sabia que von Koren não gostava dele, por isso o temia e, em sua presença, sentia como se faltasse espaço para todos e como se alguém sempre estivesse às suas costas. Não respondeu nada, afastou-se e lamentou ter ido.

---

14 N.T.: a segunda canção do poema "Poltava" de A. S. Púchkin: "É silenciosa a noite ucraniana..."

— Senhores! Vamos catar gravetos para a fogueira! — ordenou Samóilenko.

Todos se dispersaram e ficaram apenas Kirílin, Atchmiánov e Nikodím Aleksándritch. Kerbalai trouxe cadeiras, estendeu um tapete no chão e colocou nele umas garrafas de vinho. O comissário Kirílin, homem alto e bem apessoado, de capote que usava por cima da túnica independente do tempo, com sua postura altiva e maneira imponente de andar, a voz grossa com uma pequena rouquidão, lembrava chefes policiais provincianos recém-escalados. Estava com cara triste e sonolenta, como se acabasse de ser acordado contra sua vontade.

— O que foi que você trouxe, animal? — perguntou ele a Kerbalai, articulando devagar cada palavra. — Mandei você trazer Kvaréli[15], e o que você trouxe, seu carudo? Hein?

— Já temos bastante vinho, Iegor Alekséitch — tímida e polidamente observou Nikodím Aleksándritch.

— O quê? Mas eu quero o meu também. Participo do piquenique e acredito que tenho pleno direito de contribuir com minha parte. A-cre-di-to! Traz dez garrafas de Kvaréli!

— Mas para que tanto? — estranhou Nikodím Aleksándritch, sabendo que Kirílin não tinha dinheiro.

— Vinte garrafas! Trinta! — gritou Kirílin.

— Não faz mal, deixe — sussurrou Atchmiánov a Nikodím Aleksándritch —, eu pago.

Nadejda Fiódorovna estava com espírito alegre e brincalhão. Tinha vontade de pular, rir, gritar, provocar, fazer gracinhas. Em seu vestido de chita baratinha com bolinhas azuis,

15 N.T.: vinho georgiano produzido em lugar homônimo.

sapatinhos vermelhos e o mesmo chapéu de palha, ela se achava pequena, singela e leve como uma borboleta. Correu pela pontezinha, parou por um minuto, ficou olhando para a água até sentir vertigem, deu um grito e, rindo, correu em direção ao galpão, e parecia-lhe que todos os homens, até Kerbalai, olhavam para ela com admiração. Quando na escuridão que aumentava rapidamente as árvores fundiam-se com as montanhas, os cavalos com os carros e nas janelas da taberna brilhou uma luzinha, ela subiu a montanha por uma vereda que serpenteava entre pedras e espinheiros e sentou-se numa pedra. Embaixo, a fogueira já estava ardendo. Perto da fogueira movimentava-se o diácono com as mangas arregaçadas, sua sombra comprida girava como um raio em volta da fogueira, ele jogava gravetos no fogo e com uma colher amarrada a um bastão comprido mexia no caldeirão. Samóilenko, com o rosto cor de cobre avermelhado, agitava-se perto do fogo como se estivesse em sua cozinha e gritava furiosamente:

— Onde é que está o sal, senhores? Será que esqueceram? Por que todos estão sentados, feito senhores de terras, e só eu é que tenho de trabalhar?

Laiévski e Nikodím Aleksándritch, sentados no tronco tombado, olhavam pensativos para o fogo. Maria Konstantínovna, Kátia e Kóstia tiravam da cesta o jogo de chá e os pratos. Von Koren, de braços cruzados, com um pé apoiado na pedra, estava na margem, bem perto da água, absorto em pensamentos. Os reflexos vermelhos da fogueira e as sombras moviam-se na terra perto das escuras figuras humanas, tremiam na montanha, nas árvores, na ponte, no galpão; do outro lado, a margem escarpada toda iluminada refletia-se piscando na água, e a corrente turbulenta rasgava seu reflexo em pedaços.

O diácono foi até a margem buscar o peixe que Kerbalai estava limpando e lavando nas águas do rio. Mas parou a meio caminho e olhou em volta.

"Meu Deus, como é bom!", pensou ele. "Pessoas, pedras, crepúsculo, árvore monstruosa e só, mas como é bom!"

Na outra margem, perto do galpão, apareceu gente desconhecida. Como a luz pulava e a fumaça da fogueira ia para aquele lado, era impossível ver todos de uma só vez, apenas por partes — ora um gorro de pele e uma barba branca, ora uma camisa azul, ora farrapos dos ombros até os joelhos e um punhal atravessado no cinto, ora um rosto moreno com sobrancelhas pretas tão bastas e marcantes que pareciam ser desenhadas a carvão. Uns cinco deles sentaram-se em círculo no chão, outros cinco entraram no galpão. Um ficou na porta de costas para a fogueira e, com os braços nas costas, começou a contar algo muito interessante, porque quando Samóilenko jogou mais gravetos na fogueira, as chamas subiram soltando faíscas que iluminaram vivamente o galpão e tornou-se possível ver no vão da porta dois rostos com expressão de serenidade e interesse profundo, e que as pessoas sentadas em círculo viraram-se para o narrador e começaram a prestar atenção. Pouco depois, os que formavam o círculo entoaram uma canção lenta e melodiosa, parecida com o canto religioso da quaresma...

Ouvindo-os, o diácono imaginou o que ia acontecer com ele daqui a dez anos, quando voltasse da expedição: Ele é um jovem monge sacerdote missionário, autor de renome com um passado excelente; é elevado à dignidade de arquimandrita, depois de prelado; celebra a missa na catedral; de mitra dourada, sobe no pedestal do altar com o ícone da Nossa Senhora e, persignando o povo, exclama: "Deus do Céu, olha para esta vinha[16], vem a ela e a planta com a Tua mão!" E as crianças com vozes angelicais cantam: "Santo Deus..."

— Ô, diácono, cadê o peixe? — ouviu-se a voz de Samóilenko.

Voltando à fogueira, o diácono imaginou que num dia quente de julho, por um caminho poeirento, seguiria uma procissão religiosa: "na frente, os mujiques portando estandartes, e as mulheres e donzelas, os ícones. Atrás deles, meninos-cantores e o escrivão com a bochecha enfaixada e palha nos cabelos, depois, pela ordem, ele, o diácono, em seguida, o padre de solidéu e com a cruz e, atrás de todos, levantando a poeira, a multidão de mujiques, mulheres e a criançada e, no meio do povão, a mulher do diácono e a mulher do padre, ambas com um lenço na cabeça. Os meninos cantam, os bebês berram, as codornizes piam, a cotovia solta seus trilos... A procissão para e asperge o gado com água benta... Vá em frente, ajoelha-se, suplica uma chuva. Depois a merenda, conversas..."

"Isso também é bom...", pensou o diácono.

---

16 N.T.: rebanho, paróquia.

VII

Kirílin e Atchmiánov estavam subindo a montanha pela vereda. Atchmiánov ficou para trás e parou, Kirílin aproximou-se de Nadejda Fiódorovna.

— Boa noite! — disse ele, batendo continência.

— Boa noite.

— Sim! — disse Kirílin, olhando pensativo para o céu.

— Sim, o quê? — perguntou Nadejda Fiódorovna depois de um silêncio, vendo que Atchmiánov estava de olho neles dois.

— Pois bem — pronunciava devagar o oficial —, o nosso amor murchou antes de florescer, por assim dizer. Como devo entender isso? Uma espécie de faceirice de sua parte ou considera-me um vagabundo que pode ser tratado a seu bel-prazer?

— Foi um erro! Deixe-me! — disse rispidamente Nadejda Fiódorovna olhando para ele nessa linda e maravilhosa noite com pavor e perplexidade, perguntando a si mesma: "será que realmente houve aquele momento, em que gostei desse homem e fui íntima dele?"

— Bem! — disse Kirílin. Ficou calado por um tempinho, pensou e acrescentou: — O que fazer? Vou esperar até seu humor melhorar, mas, por enquanto, posso lhe assegurar que sou pessoa digna e não permito a ninguém duvidar disso. Comigo não se brinca! *Adieu*[17]!

Ele fez continência e afastou-se, abrindo caminho entre os arbustos.

Atchmiánov, indeciso, aproximou-se pouco depois.

— É uma linda noite hoje! — disse ele com um leve sotaque armênio.

O jovem não era nada mau, vestia-se à moda, seu comportamento era simples e bem educado, mas Nadejda Fiódorovna não gostava dele por estar devendo trezentos rublos a seu pai; e foi desagradável para ela o fato de um comerciante ter sido convidado ao piquenique e também o fato de ele ter se aproximado dela justamente nessa noite, quando se sentia tão bem, com a alma lavada.

— Em geral, o piquenique saiu bem — disse ele, depois de um silêncio.

— Sim — concordou ela e, como se acabasse de lembrar da dívida, disse com ar despreocupado: — Ah, diga em sua loja que Ivan Andréitch vai passar lá um dia desses e pagar os trezentos e... não me lembro quanto.

— Sou capaz de dar mais trezentos só para a senhora não me lembrar diariamente sobre essa dívida. Para que tanta prosa?

Nadejda Fiódorovna riu; ocorreu-lhe uma ideia engraçada de que, se ela quisesse e não tivesse moral suficiente, poderia se livrar dessa dívida num minuto. Como, por exemplo, virar a cabeça desse jovem tolo e bonito! No fundo, isso seria tão ridículo,

17 N.E.: em francês: Adeus.

absurdo, bárbaro! E, de repente, sentiu vontade de enfeitiçá-lo, depená-lo, largá-lo depois e ver no que daria tudo isso.

— Permita-me dar-lhe um conselho, disse timidamente Atchmiánov. — Peço-lhe que tenha cuidado em relação a Kirílin, ele conta coisas horrorosas a seu respeito por toda parte.

— Não me interessa saber o que qualquer idiota conta sobre mim — respondeu friamente Nadejda Fiódorovna. Uma inquietude tomou conta dela e a ideia engraçada de brincar com o jovem e bonitinho Atchimiánov perdeu subitamente seu encanto.

— Precisamos voltar — disse ela. — Estão chamando.

Embaixo, a sopa de peixe já pronta estava sendo servida e tomada com aquela grande cerimônia que só acontece em piqueniques; todos achavam-na muito gostosa, diziam que nunca haviam tomado em casa coisa tão deliciosa. E, como acontece em todos os piqueniques, perdendo-se em meio a inúmeros guardanapos, embrulhos, papeizinhos engordurados arrastados pelo vento, não sabiam de quem era esse ou aquele copo e de quem era aquele pedaço de pão, derramavam vinho no tapete e em seus joelhos, esparramavam o sal; a escuridão reinava em volta, a fogueira já não ardia tão forte, mas todos tinham preguiça para se levantar e pôr mais gravetos nela. Todos tomavam vinho, para Kátia e Kóstia serviram meio copo a cada um. Nadejda Fiódorovna tomou um copo, depois outro, ficou embriagada e esqueceu Kirílin.

— O piquenique é maravilhoso, a noite é encantadora — disse Laiévski, ficando alegre depois do vinho —, mas eu preferiria a tudo isso um bom inverno. "E a geada brilha como prata em sua gola de castor."[18]

---

18 N.T.: de "Eugênio Onéguin", A. S. Púchkin.

— Cada um tem seu gosto — observou von Koren.

Laiévski sentiu-se sem jeito: nas costas, batia-lhe o calor da fogueira, e na cara e no peito, o ódio de von Koren. Esse ódio vindo de um homem digno e inteligente, ódio que provavelmente tinha sua razão, humilhava-o, enfraquecia-o e, não tendo forças para lhe fazer frente, ele disse em tom adulador:

— Eu amo a natureza com paixão e lamento não ser naturalista. Tenho inveja de você.

— Mas eu não lamento e não tenho inveja — disse Nadejda Fiódorovna. — Não entendo como é possível se ocupar seriamente com bichinhos e vermezinhos, enquanto o povo está sofrendo.

Laiévski compartilhava de sua opinião. Ele não tinha noção nenhuma das ciências naturais e por isso não podia se conformar com o tom abalizado e o ar de pensadores e de entendidos dos que se ocupam com bigodinhos de formigas e patinhas de baratas e aborrecia-o que essas pessoas na base de bigodinhos, patinhas e um tal de protoplasma (que ele imaginava em forma de ostra) metiam-se a resolver questões que incluíam a origem e a vida do ser humano. Mas nas palavras de Nadejda Fiódorovna ele sentiu algo injusto. E só para retrucar, disse:

— Não se trata de bichinhos, mas das deduções!

VIII

Começaram a subir nas caleches tarde, depois das onze. Todos já estavam acomodados, só faltavam Nadejda Fiódorovna e Atchmiánov, que apostavam corrida e gargalhavam na outra margem.

— Rápido, senhores! — gritou-lhes Samóilenko.

— Não deveríamos servir vinho às damas — disse baixinho von Koren.

Laiévski, cansado do piquenique, do ódio de von Koren e de seus próprios pensamentos, foi ao encontro de Nadejda Fiódorovna. E quando ela, alegre, feliz, sentindo-se leve como pluma, rindo e perdendo fôlego, pegou-o pelas mãos e pôs a cabeça no seu peito, ele deu um passo para trás e disse severamente:

— Você se comporta como uma... cocote.

Isso soou tão grosseiro que até ele ficou com pena dela. Em seu rosto zangado e cansado ela viu ódio, piedade, aborrecimento consigo mesmo e perdeu todo seu ânimo. Ela entendeu que havia exagerado, permitiu-se desembaraço demais e, sentindo-se triste, pesada, gorda, rude e embriagada, subiu com Atchmiánov na primeira caleche desocupada. Laiévski ficou com Kirílin; o zoólogo, com Samóilenko; o diácono, com as damas e o comboio partiu.

— Eis como eles são, esses macacos... começou von Koren, agasalhando-se com uma capa e fechando os olhos. — Você ouviu ela dizer que não gostaria de se ocupar com os bichinhos porque o povo está sofrendo. É assim que nos julgam todos os macacos. Gente escrava, ardilosa, há dez gerações atemorizada pelo chicote e pelo punho; treme, derrete e queima incensos somente pela violência. Mas basta deixar a macaca entrar numa área livre, onde não há quem a pegue pelo cangote, que ela se revela e se impõe. Veja como essa gente é ousada nas exposições de arte, museus, teatros ou quando opina sobre as ciências: fica eriçada, empina-se, xinga, critica... Critica, necessariamente — traço de escravo! Preste atenção: censuram pessoas de profissões livres muito mais do que os trapaceiros. Isso, porque três quartos da sociedade são escravos, assim como essas macacas. Nunca acontece de um escravo lhe estender a mão e lhe agradecer de coração por você estar trabalhando.

— Não sei o que você quer! — disse Samóilenko. — A coitadinha ingênua simplesmente teve vontade de conversar com você sobre coisas inteligentes e você já tira conclusões. Você está bravo com ele por alguma razão e, de passagem, com ela também. Mas ela é uma mulher maravilhosa!

— Ah, chega! Uma concubina comum, libertina e vulgar. Escute, Aleksandr Davíditch, quando você encontra uma mulher que não vive com seu marido, que não faz nada, só há-há-há e quá-quá-quá, você diz para ela: vá trabalhar. Por que neste caso você se acovarda, tem medo de dizer a verdade? Apenas porque Nadejda Fiódorovna é sustentada por um funcionário e não por um marujo?

— E o que devo fazer com ela? — zangou-se Samóilenko. — Bater, por acaso?

— Não fomentar o vício. Nós condenamos os vícios apenas pelas costas, é o mesmo que fazer figa com a mão no bolso. Sou zoólogo ou sociólogo, tanto faz; você é médico; a sociedade acredita em nós e temos o dever de lhe assinalar o terrível mal, a ameaça que, para ela e para as futuras gerações, representa a existência de senhoras como essa Nadejda Ivánovna.

— Fiódorovna — corrigiu Samóilenko. — E o que a sociedade deve fazer?

— A sociedade? Isso já é da conta dela. A meu ver, o caminho mais curto e mais certo é a força. Ela deve ser levada ao marido *manu militari*[19] e, se ele não a aceitar, mandada para trabalhos forçados ou para uma casa de correção.

— Ufa! — suspirou Samóilenko. Ficou calado, depois perguntou em voz baixa: — Nesses dias você disse que gente como Laiévski deve ser exterminada... Diga-me: caso... o governo, a sociedade lhe encarregasse de exterminá-lo, você... teria coragem?

— Nem vacilaria.

19 N.E.: do latim: pela força militar.

IX

Chegando em casa, Laiévski e Nadejda Fiódorovna entraram num ambiente escuro, abafado e enfadonho. Ambos estavam calados. Laiévski acendeu uma vela. Nadejda Fiódorovna, sem tirar o casaco e o chapéu, olhou para ele com ar triste e culpado.

Ele entendeu que ela esperava ter uma explicação com ele. Mas isso seria tedioso, inútil e cansativo e ele tinha a consciência pesada por não ter se contido e ter dito uma grosseria. Por acaso, sentiu em seu bolso o papel da carta que todos os dias pretendia ler a ela e pensou que, se lhe mostrasse essa carta agora, isso desviaria sua atenção.

"Está na hora de esclarecer o nosso relacionamento", pensou ele. "Vou entregar e seja o que Deus quiser."

— Leia. Isso lhe diz respeito.

Ao dizer isso, entrou em seu escritório e, no escuro, deitou-se no sofá sem almofada. Nadejda Fiódorovna leu a carta e pareceu-lhe que o teto desceu e as paredes chegaram perto dela. Ficou tudo escuro, apertado e medonho. Ela se persignou rapidamente três vezes e pronunciou:

— Que Deus o tenha... que Deus o tenha...

E se pôs a chorar.

— Vánia! — chamou ela. — Ivan Andréitch!

Não houve resposta. Pensando que ele havia entrado e que estava atrás de sua cadeira, ela soluçava como criança e dizia:

— Por que não me disse antes que ele havia morrido? Eu não teria ido a esse piquenique, não teria dado aquelas gargalhadas horrorosas.... Os homens falavam coisas vulgares para mim. Que pecado! Que pecado! Salve-me, Vánia, salve-me... Eu enlouqueci... Estou perdida...

Laiévski ouviu seus soluços. Sentia um sufoco insuportável, o coração batia forte. Angustiado, ele se levantou, ficou parado no meio do quarto, tateando achou a poltrona perto da mesa e sentou-se.

"Isto é uma prisão...", pensou ele. "Preciso sair... Não aguento..."

Já era tarde para ir jogar cartas, não havia restaurantes na cidade. Ele se deitou novamente e tapou os ouvidos para não ouvir os soluços e, de repente, lembrou que podia ir à casa de Samóilenko! Para não passar por Nadejda Fiódorovna, saiu pela janela para o jardim, pulou a cerca e foi pela rua. Estava escuro. Acabava de chegar um navio grande, de passageiros, a julgar pelas luzes... Ele ouviu o barulho da corrente da âncora. Da margem, em direção ao navio, deslocava-se rapidamente uma luzinha vermelha: era a embarcação da alfândega. "Os passageiros estão dormindo nos camarotes...", pensou Laiévski com inveja do sossego alheio.

As janelas da casa de Samóilenko estavam abertas; Laiévski espiou por uma delas, depois por outra: os quartos estavam escuros e silenciosos.

— Aleksandr Davíditch, está dormindo? — chamou ele. — Aleksandr Davíditch!

Ouviu-se um tossido e uma voz alarmada:

— Quem está aí? Que diabo?

— Aleksandr Davíditch, sou eu. Desculpe.

Pouco depois a porta do quarto abriu-se, brilhou a luz suave de uma lamparina e apareceu o enorme Samóilenko, todo de branco e com gorro também branco.

— O que você quer? — perguntou ele ofegando, meio acordado, e coçando-se. — Espere, vou abrir a porta de entrada.

— Não precisa, entro pela janela...

Laiévski esgueirou-se pela janela e, aproximando-se de Samóilenko, pegou sua mão.

— Aleksandr Davíditch — disse ele com voz trêmula, — salve-me! Peço-lhe, suplico, entenda-me! Minha situação é uma tortura. Se continuar assim mais dois dias eu me estrangulo, como... a um cachorro!

— Calma... Está falando do que exatamente?

— Acenda a vela.

— Oh, oh... — suspirou, acendendo uma vela. — Meu Deus, meu Deus... Já é mais de uma hora, irmão.

— Desculpe, mas não posso ficar em casa — disse Laiévski, sentindo um grande alívio com a luz e a presença de Samóilenko. — Você é meu único, o melhor amigo... Minha derradeira esperança. Queira ou não, ajude-me, pelo amor de Deus. Custe o que custar, tenho de sair daqui. Empreste-me dinheiro!

— Oh, meu Deus, meu Deus! — suspirou Samóilenko, coçando-se. — Estava adormecendo, de repente ouço um apito, chega um navio, e depois você... De quanto você precisa?

— No mínimo uns trezentos rublos. Devo deixar cem para ela e duzentos para a viagem... Já estou lhe devendo quase quatrocentos, mas vou enviar tudo... tudo...

Samóilenko pegou numa mão as duas suíças, afastou as pernas e ficou pensando. — Trezentos... Bom... Mas não tenho tanto. Terei de pedir emprestado a alguém.

— Peça, pelo amor de Deus! — disse Laiévski, vendo pela cara de Samóilenko que ele queria lhe dar dinheiro e, sem dúvida, daria. — Peça emprestado, devolverei sem falta. Enviarei de Petersburgo, logo que chegar lá. Pode ficar tranquilo. Sabe o quê, Sacha — disse ele se animando. — Vamos tomar vinho!

— Bem... podemos tomar vinho.

Ambos entraram na sala de jantar.

— E Nadejda Fiódorovna, como é que fica? — perguntou Samóilenko, pondo na mesa três garrafas e um prato com pêssegos. — Ela fica? Será?

— Vou arranjar tudo, tudo — disse Laiévski sentindo um arrebatamento de alegria. — Eu lhe enviarei dinheiro depois e ela irá à minha casa... E lá nós vamos resolver o nosso relacionamento. À sua saúde, amigo.

— Espere! — disse Samóilenko. — Primeiro tome isto... É do meu vinhedo. Esta garrafa é do vinhedo de Navaridze e esta de Akhatúlov... Experimente os três vinhos e diga sinceramente. Parece que o meu tem acidez. E aí? O que acha?

— Sim. Você me alegrou, Aleksandr Davíditch. Obrigado, eu ganhei novo ânimo.

— Está ácido?

— Sei lá eu! Não sei. Mas você é uma pessoa excelente, maravilhosa.

Olhando para seu rosto pálido, agitado, um rosto bondoso, Samóilenko lembrou-se da opinião de von Koren de que gente desse tipo deve ser exterminada, e Laiévski pareceu-lhe uma criança indefesa a quem qualquer um pode ofender e exterminar.

— E você, quando chegar lá, faça as pazes com sua mãe — disse ele. — Isso não está certo.

— Sim, sim, sem falta.

Permaneceram calados durante alguns minutos. Depois de terminar a primeira garrafa, Samóilenko disse:

— E seria bom que fizesse pazes com von Koren, vocês dois são pessoas excelentes, inteligentíssimas, mas olham um para o outro feito lobos.

— Sim, ele é uma pessoa excelente, inteligentíssima — concordou Laiévski, disposto agora a elogiar e perdoar a todo mundo. — Ele é uma pessoa admirável, mas travar amizade com ele para mim é impossível. Não. Nossas naturezas são diferentes demais. Eu sou de natureza passiva, submissa; talvez, num momento oportuno, eu lhe estenda a mão, mas ele me dará as costas... com desprezo.

Laiévski tomou um gole de vinho, andou de um canto para outro e prosseguiu, ficando em pé no meio do quarto:

— Entendo von Koren muito bem. É de uma natureza sólida, forte, despótica. Você sempre o ouviu falar sobre "a expedição" e não são palavras vãs. Ele precisa de um deserto, noite de luar; em volta, nas barracas, dormem cossacos, guias, carregadores, médico, padre — todos famintos e doentes, extenuados pelas marchas difíceis; ele é o único que não dorme e, como Stanley, está sentado numa cadeira portátil e sente-se o rei do deserto e o dono dessa gente. Ele segue, segue e segue, para algum lugar. As pessoas gemem e morrem uma após outra, mas ele vai em frente e acabará morrendo também, mas continuará sendo o déspota e o rei do deserto porque a cruz de seu túmulo é vista pelas caravanas a trinta, quarenta milhas de distância e reina sobre o deserto. Eu lamento que esse homem não esteja no serviço militar. Ele daria um cabo de guerra genial. Poderia afogar sua cavalaria no rio para fazer dos cadáveres uma ponte e, na guerra, a ousadia desse tipo é mais necessária do que qualquer fortificação e qualquer tática. Ah, eu o entendo muito bem! Diga-me, por que ele está perdendo tempo aqui? O que ele quer?

— Estuda a fauna marítima.

— Não. Não, irmão, não! — suspirou Laiévski. — Um cientista, no navio, contou-me que o Mar Negro tem a fauna pobre, que a vida orgânica nas profundezas dele não é possível por causa da abundância de gás sulfúrico. Todos os zoólogos sérios trabalham nas estações biológicas em Nápoles ou Villefranche[20]. Mas von Koren é independente e teimoso: trabalha no Mar Negro porque ninguém trabalha aqui; ele rompeu com a Universidade, não quer saber de colegas e cientistas porque é despótico, antes de mais nada, e só depois é zoólogo. E vai chegar onde quer, você vai ver. Já agora ele sonha em, voltando da expedição, enxotar as intrigas e as mediocridades das universidades e dobrar os cientistas. O despotismo na ciência é tão forte quanto na guerra. E vive nessa cidade fedorenta já pelo segundo ano porque é melhor ser o primeiro na aldeia do que o segundo na cidade. Aqui ele é rei, é águia. Trata a todos com mão de ferro e os oprime com

20 N.E.: pequena cidade na França.

sua autoridade. Calou a boca de todos que se meteram nos assuntos alheios, quer que tudo e todos o temam. Eu escapo de suas mãos, ele sente isso e me odeia. Ele não lhe disse que devo ser exterminado ou mandado para trabalhos públicos?

— Disse — riu Samóilenko.

Laiévski também riu e tomou vinho.

— E seus ideais também são despóticos — disse ele rindo e acompanhando o vinho com um pêssego. — Quando os simples mortais trabalham para o bem comum, pensam no próximo: você, eu, enfim, o ser humano. Já para von Koren as pessoas são cachorrinhos e nulidades, pequenas demais para serem o objetivo da vida dele. Ele trabalha, partirá nessa expedição e lá quebrará seu pescoço não em nome do amor ao próximo, mas em nome de coisas abstratas como a humanidade, gerações futuras, a raça ideal. Ele se preocupa em melhorar a raça humana e, nesse sentido, somos para ele apenas escravos, carne de canhão, animais de carga; uns, ele exterminaria; outros, colocaria num regime de disciplina ao modo de Araktchéiev[21]; dormir e acordar a toque de tambor. Encarregaria os eunucos de cuidar da nossa pudicícia e moral, mandaria atirar em qualquer um que saísse do círculo de nossa estreita moral conservadora, e tudo isso em nome do aperfeiçoamento da raça humana... E o que é a raça humana? Uma ilusão, uma miragem... Os déspotas sempre perseguem ilusões. Eu o entendo muito bem, irmão. Dou-lhe valor e não nego sua importância, pois o mundo se fundamenta em pessoas como ele. Se o mundo fos-

---

21 N.T.: A. A. Araktchéiev (1769-1834), homem de Estado, chefe do Ministério da Guerra, mão direita do Imperador Alexandre I na política interna, organizador de colônias militares nas quais, além do severo adestramento militar, os soldados e oficiais tinham atividades econômicas.

se entregue somente a nós, com toda a nossa bondade e boas intenções, faríamos com ele o mesmo que essas moscas fazem com essa pintura. É isso.

Laiévski sentou-se ao lado de Samóilenko e disse, com arrebatamento sincero:

— Sou um homem fútil, insignificante, perdido! Até hoje, o ar que eu respiro, o vinho, o amor, enfim, a vida, eu comprava a preço de mentiras, ociosidade e covardia. Até agora eu enganava pessoas e a mim mesmo e sofria por isso. E meus sofrimentos eram baratos e vulgares. Diante do ódio de von Koren eu me curvo humildemente, porque às vezes eu mesmo me odeio e me desprezo.

Laiévski, emocionado, novamente andou de um canto para o outro e disse: — Estou feliz em ver claramente meus defeitos e ter consciência deles. Isso vai me ajudar a reviver e me tornar outro homem. Meu querido, se soubesse com que ansiedade, com que impaciência eu espero por essa minha renovação! E eu lhe juro, serei outro homem! Serei! Não sei se é o vinho que está falando dentro de mim ou se isso é real, mas acho que há tempos não vivo minutos tão luminosos, tão límpidos como agora em sua casa.

— Já é hora de dormir, irmão... — disse Samóilenko.

— Sim, sim, desculpe. Já vou.

Laiévski apressou-se em procurar seu boné nos móveis, na janela.

— Obrigado... falava ele baixinho, suspirando. — Obrigado... carinho e palavras amigas estão acima da esmola. Você me deu uma nova vida.

Ele encontrou seu boné, parou e olhou para Samóilenko com ar de culpa.

— Aleksandr Davíditch! — disse ele com voz suplicante.

— O que foi?

— Permita-me, querido, pernoitar aqui!

— Faça me o favor... Por que não?

Laiévski deitou-se no sofá e ficou muito tempo ainda conversando com o doutor.

X

Uns três dias depois do piquenique, Maria Konstantínovna apareceu inesperadamente na casa de Nadejda Fiódorovna. Sem cumprimentá-la e sem tirar o chapéu, pegou as mãos dela, apertou-as contra seu peito e, muito agitada, disse:

— Minha querida, estou emocionada, chocada. O nosso adorado, simpático doutor disse a Nikodím Aleksándritch que seu marido faleceu! Diga, querida... Diga, é verdade isso?

— Sim, é verdade, ele faleceu — respondeu Nadejda Fiódorovna.

— Ah, querida, isso é horrível, horrível! Mas há males que vêm para o bem. Seu marido deve ter sido um homem magnífico, maravilhoso, um santo, e gente assim é mais útil no Céu do que na Terra.

No rosto de Maria Konstantínovna tremeram todos os tracinhos e todos os pontinhos, como se debaixo da pele começassem a pular umas agulhinhas, ela esboçou um sorriso açucarado e disse com êxtase, perdendo o fôlego:

— Agora, está livre, querida! Pode manter a cabeça erguida e olhar de frente e sem medo para todos. De hoje em diante, Deus e as pessoas vão abençoar sua união com Ivan Andréitch. Isso é encantador. Eu tremo de felicidade e não tenho palavras! Meu bem, serei sua madrinha... Eu e Nikodím Aleksándritch gostamos tanto de vocês! Permita-nos abençoar a vossa união legítima, pura. Quando pretendem se casar?

— Eu nem pensei nisso — disse Nadejda Fiódorovna, tirando suas mãos.

— Não é possível, meu bem. Pensou, certamente pensou!

— Juro por Deus que não — riu Nadejda Fiódorovna. — Para que vamos nos casar? Não vejo nenhuma necessidade disso. Vamos viver como vivíamos.

— O que está dizendo? — horrorizou-se Maria Konstantínovna. — Pelo amor de Deus, o que está dizendo!

— As coisas não vão melhorar pelo fato de estarmos casados. Pelo contrário, vão piorar. Nós perderemos a liberdade.

— Minha querida, o que está dizendo! — exclamou Maria Konstantínovna, dando um passo para trás e agitando os braços. A senhora é extravagante! Pense bem! Sossegue!

— Sossegue? Como assim? Eu não vivi ainda e a senhora me diz: sossegue?!

Nadejda Fiódorovna lembrou-se de que realmente não tinha vivido ainda. Terminou a faculdade, casou-se com um homem que não amava, depois amigou-se com Laiévski e todo esse tempo vivia com ele nesse litoral enfadonho, deserto, à espera de algo melhor. "Isso é vida, por acaso?"

"Porém, seria conveniente nos casarmos...", pensou ela, mas lembrou-se de Kirílin, Atchmiánov, corou e disse: — Não, é impossível. Mesmo se Ivan Andréitch me pedisse em casamento de joelhos, eu recusaria.

Por um minuto, Maria Konstantínovna ficou calada, sentada no sofá, com ar triste, sério, olhando para um ponto, depois se levantou e disse com frieza:

— Adeus, querida! Desculpe o incômodo. Embora para mim isso não seja fácil, devo lhe dizer que, de hoje em diante, está tudo acabado entre nós e, apesar de meu profundo respeito por Ivan Andréitch, a porta de minha casa será fechada para os dois.

Ela pronunciou isso solenemente e ficou ela mesma deprimida com esse tom solene; seu rosto tremeu novamente, a expressão ficou suave, açucarada, ela estendeu as duas mãos à assustada e confusa Nadejda Fiódorovna e suplicou:

— Meu bem, permita-me, pelo menos por um minuto, ser sua mãe ou irmã mais velha! Serei sincera com você como mãe.

Nadejda Fiódorovna sentiu no peito tamanho calor, alegria e compaixão por si mesma, como se na frente dela estivesse sua mãe ressuscitada de verdade. Impetuosamente, ela abraçou Maria Konstantínovna e apertou o rosto contra seu ombro. Ambas começaram a chorar. Sentaram-se no sofá e, durante alguns minutos, ficaram soluçando sem se olhar e sem forças para dizer uma palavra sequer.

— Minha querida, minha filha — começou Maria Konstantínovna —, vou lhe dizer verdades cruéis, sem poupar você.

— Por Deus, por Deus!

— Confie em mim, querida. Lembre-se de que dentre todas as damas daqui fui a única que a recebia em casa. Você me horrorizou desde o primeiro dia, mas eu não podia tratá-la com desprezo como as outras. Eu sofria pelo simpático e bondoso Ivan Andréitch como por meu próprio filho. Um jovem, numa terra alheia, inexperiente, fraco, sem a mãe, e eu sofria, sofria... Meu marido era contra a amizade com ele, mas eu o persuadi... convenci... Começamos a receber Ivan

NADEJDA

Andréitch e você também, senão ele se sentiria ofendido. Tenho filhos... Você entende, a mente infantil é delicada, o coração é puro... "...qualquer um, porém, que fizer tropeçar a um desses pequeninos..."[22] Eu recebia você e tremia pelos filhos. Oh, quando se tornar mãe, entenderá o meu medo. E todos estranhavam o fato de eu recebê-la — perdão — como uma pessoa digna, vinham com indiretas e, evidentemente, hipóteses, fofocas... No fundo da alma, eu a condenava, mas você era infeliz, lastimável, extravagante e eu sofria de tanta pena de você.

— Mas por quê? Por quê? — perguntou Nadejda Fiódorovna, tremendo de corpo inteiro. — Que mal eu fiz e para quem?

— Você é uma terrível pecadora. Você violou a promessa feita ao marido diante do altar. Seduziu um jovem excelente que talvez, se não tivesse encontrado você, pudesse encontrar sua legítima companheira de vida, moça de boa família do círculo dele, e agora seria como todo mundo. Você arruinou a juventude dele. Não fale, não fale, querida! Não vou acreditar que o culpado de todos os pecados seja o homem. A culpa é sempre das mulheres. Os homens, na vida doméstica, são levianos, governam-se pela cabeça, não pelo coração, não entendem muitas coisas, mas a mulher entende tudo. Tudo depende dela. À mulher muito foi dado e muito será cobrado. Oh, meu bem, se nesse sentido ela fosse mais tola ou mais fraca que o homem, Deus não ia confiar a ela a educação de meninos e meninas. E depois, minha querida, você seguiu o caminho do vício, esquecendo todo e qualquer pudor; outra em seu

22 N.T.: evangelho segundo São Mateus. Cap. 18, v. 6.

lugar ia se esconder das pessoas, ficaria trancada em casa, e seria vista somente no templo de Deus, pálida, trajada de preto, chorando, e qualquer um diria numa aflição sincera: "Deus, este anjo perdido que está voltando a Ti..." Mas você, meu bem, esqueceu toda e qualquer discrição, levava uma vida aberta, extravagante, como se tivesse orgulho de seu pecado, você se divertia, ria e eu, vendo você, tremia horrorizada, com medo de que a trovoada celeste atingisse a nossa casa enquanto você estava nela. Não diga nada, não diga, querida! — exclamou Maria Konstantínovna, notando que Nadejda Fiódorovna queria falar. — Confie em mim, não vou enganá-la e não vou esconder nenhuma verdade dos olhares de sua alma. Escute-me, querida... Deus marca as grandes pecadoras e você foi marcada. Lembre-se de seus trajes, eles sempre foram horríveis!

Nadejda Fiódorovna, que sempre tinha alto conceito sobre seus trajes, parou de chorar e olhou para ela com surpresa.

— Sim, horríveis! — prosseguiu Maria Konstantínovna. — Pela esquisitice e mistura de cores de seus vestidos qualquer um pode julgar acerca de sua conduta. Todos, olhando para você, davam de ombros com risinhos, enquanto eu sofria, sofria. E, desculpe-me, querida, você não é asseada! Quando nos encontrávamos no banho, você me fazia estremecer. Os vestidos, ainda mais ou menos, mas a roupa de baixo, as anáguas... fico ruborizada! E na gravata do pobrezinho Ivan Andréitch ninguém dá o nó como se deve. Pela camisa e pelas botas do coitado percebe-se que ninguém em casa cuida dele. E meu queridinho sempre está faminto. Quando não há quem cuide do samovar e do café em casa, gasta-se, a contragosto, metade do salário nos quiosques. E sua casa é simplesmente um horror, um horror! Na cidade inteira, não há moscas, mas na sua casa não há sossego com elas, todos os pratos e os pires estão pretos. Nas janelas, nas mesas, veja: poeira, moscas mortas, copos... Por que os copos estão aqui? E sua mesa, querida, não foi tirada até essa hora. Dá vergonha de entrar no dormitório: tudo espalhado, a roupa íntima está por toda parte, nas paredes ficam pendurados esses seus elásticos, tem sei lá que louça... Querida, o marido não deve ver tudo isso e a mulher deve aparecer na frente dele limpa como um anjinho! Toda manhã eu acordo cedo e lavo o rosto com água fria para que meu Nikodím Aleksándritch não me veja com uma cara modorrenta.

— Tudo isso são coisas de nada — desfez-se em prantos Nadejda Fiódorovna. — Ah, se eu fosse feliz, mas sou tão infeliz!

— Sim, você é muito infeliz! — suspirou Maria Konstantínovna, mal se segurando para não chorar. — E no futuro, espera-a uma desgraça terrível! Velhice solitária, doenças e depois o juízo final... Terrível, terrível! Agora, o próprio destino estende-lhe a mão e você a afasta imprudentemente. Case-se, case-se o quanto antes!

— Sim, é preciso, é preciso — disse Nadejda Fiódorovna —, mas é impossível!

— Por quê?

— É impossível! Ah, se a senhora soubesse!

Nadejda Fiódorovna quis lhe contar sobre Kirílin, sobre o encontro com o jovem e bonito Atchmiánov na noite anterior, e como lhe ocorreu a ideia louca e engraçada de se livrar da dívida de trezentos rublos, como ela riu disso e depois voltou para casa tarde da noite, sentindo-se irrecuperavelmente perdida e venal. Ela mesma não entendia como isso aconteceu. E agora tinha vontade de jurar na frente de Maria Konstantínovna que pagaria a dívida sem falta, mas os prantos e a vergonha impediram-na de falar.

— Vou partir — disse ela. — Ivan Andréitch que fique, mas eu vou partir.

— Para onde?

— Para a Rússia.

— Mas você não tem nada. Vai viver do quê?

— Vou fazer traduções ou... Ou abrir uma pequena biblioteca...

— Não se entregue a fantasias, minha querida. Para abrir uma biblioteca é preciso ter dinheiro. Vou deixá-la agora, procure se acalmar, pense e venha à minha casa amanhã bem alegrinha. Isso será encantador! Adeus, meu anjo. Deixe eu lhe dar um beijo.

Maria Konstantínovna deu um beijo na testa de Nadejda Fiódorovna, persignou-a, benzeu-a e saiu. Já escurecia e Olga acendeu velas na cozinha. Ainda chorando, Nadejda Fiódorovna entrou no dormitório e foi para a cama. Estava com febre alta. Tirou a roupa sem se levantar, com os pés empurrou o vestido para a ponta da cama, amassando-o. Tinha sede, mas não havia quem lhe trouxesse água.

— Eu vou pagar! — falava ela consigo e, num delírio, viu-se sentada perto de uma enferma e reconheceu nela a si própria. — Eu vou pagar. Seria tolice pensar que eu, por dinheiro... Vou embora e mando-lhe dinheiro de Petersburgo. Primeiramente, cem... depois, mais cem... e, depois, outros cem...

Tarde da noite chegou Laiévski.

— Primeiramente, cem... — disse-lhe Nadejda Fiódorovna — depois, outros cem...

— Você deveria tomar quinino — disse ele e pensou: "Amanhã é terça, o navio parte e eu não viajo. Significa que terei de viver aqui até sábado".

Nadejda Fiódorovna ajoelhou-se na cama.

— Eu falei alguma coisa agora? — perguntou ela, sorrindo e apertando os olhos por causa da luz da vela.

— Não. Amanhã de manhã tem de chamar o médico. Durma.

Ele pegou um travesseiro e dirigiu-se à porta. Depois que ele resolveu viajar definitivamente e deixar Nadejda Fiódorovna, ela despertava nele compaixão e sentimento de culpa. Em sua presença, sentia um certo remorso, como na presença de um cavalo doente ou velho que resolveram matar a tiro. Parou na porta e virou-se para ela.

— Eu estava irritado no piquenique e disse-lhe uma grosseria. Perdoe-me, se puder.

Ao dizer isso, foi a seu escritório, deitou e por muito tempo não conseguia dormir.

No dia seguinte, quando Samóilenko, trajando uniforme de gala com dragonas e condecorações, por ocasião do feriado oficial, saiu do quarto de Nadejda Fiódorovna depois de medir sua pulsação e ver sua língua, Laiévski, que estava atrás da porta, perguntou com inquietação:

— E aí? Como estão as coisas?

Em seu rosto havia medo, extrema preocupação e esperança.

— Acalme-se, nada de grave — disse Samóilenko. — Uma malária comum.

— Não é isso! — respondeu Laiévski impaciente, fazendo uma careta. — Conseguiu o dinheiro?

— Meu bem, perdoe-me — sussurrou Samóilenko, embaraçando-se e lançando um olhar para a porta. — Perdoe-me, por Deus, perdoe-me! Ninguém tem dinheiro livre, juntei em notas de cinco, de dez e, no total, tenho apenas cento e dez. Hoje vou falar com mais alguém. Aguente.

— Mas o último prazo é sábado! — sussurrou Laiévski, tremendo de impaciência. — Até sábado, por todos os santos! Se não partir sábado, não vou precisar de mais nada... Nada! Não entendo como um doutor pode não ter dinheiro!

— Pois é, meu Deus — sussurrou Samóilenko tenso e apressado e algo até piou em sua garganta —, pegaram tudo de mim, estão me devendo sete mil e eu estou cheio de dívidas. Que culpa eu tenho?

— Vai arranjar até sábado? Não vai?

— Farei força.

— Eu imploro, querido! Preciso que sexta de manhã o dinheiro esteja na minha mão!

Samóilenko sentou-se, escreveu a receita de quinino em solução de *kalii bromati*, infusão de ruibarbo, *tincturae gentianae aquae foeniculi* — tudo isso numa só poção, acrescentou xarope de rosas, para que não ficasse amargo, e saiu.

XI

— Você está com ares de quem veio me prender — disse von Koren, vendo Samóilenko trajando uniforme de gala.

— É que estava passando por aqui e pensei: por que não fazer uma visitinha ao zoólogo — respondeu Samóilenko, sentando-se perto de uma mesa grande, feita de tábuas simples pelo próprio zoólogo. — Salve, santo padre! — disse ele ao diácono, que estava sentado ao pé da janela, copiando alguma coisa. — Fico um minutinho e vou correndo para casa dar ordens sobre o almoço. Já é hora... Não incomodei vocês?

— Nem um pouco — respondeu o zoólogo, dispondo na mesa papeizinhos escritos com letra miúda. — Estamos copiando.

— Bem... Oh, meu Deus, meu Deus... suspirou Samóilenko — puxando cuidadosamente da mesa um livro empoeirado, sobre o qual havia uma aranha morta e seca, e disse: — Veja só! Imagine que um besourinho verde está indo a negócios e no caminho encontra um anátema desses. Eu imagino: "que horror!"

— Sim, admito.

— Ele tem veneno para se defender dos inimigos?

— Para se defender e para atacar também.

— Bem, bem, bem... Tudo na natureza é racional e explicável — suspirou Samóilenko. — Só não entendo uma coisa. Você, que é homem de grande inteligência, explique-me, por favor. Sabe, existem bichinhos do tamanho de uma ratazana, não mais, bonitinhos pela aparência, porém, vou lhe dizer: são vilões e amorais no mais alto grau. Suponhamos que um bichinho desse tipo, indo pela floresta, vê um passarinho, pega e o come. Segue em frente, encontra na grama um ninho com ovos; já não tem mais vontade de comer, está satisfeito, e mesmo assim dá uma mordida num ovo e os outros, joga para fora do ninho com a patinha. Depois, encontra uma perereca e começa a brincar com ela. Acaba torturando-a até a morte, segue, lambendo os beiços e, a seu encontro, vem um besouro. Ele dá uma patada no besouro... Estraga e destrói tudo em seu caminho... Mete-se em covas alheias, desmancha formigueiros gratuitamente, esmaga caramujos... Quando encontra uma ratazana, arruma briga com ela; vendo uma pequena serpente ou um ratinho, sente a necessidade de estrangulá-los... E assim o dia inteiro. Então me diga: para que serve esse bicho? Para que foi criado?

— Não sei de que bicho está falando — disse von Koren —, provavelmente, de um dos insetívoros. Bem, pegou o passarinho porque este não foi prudente, destruiu o ninho porque a ave não foi habilidosa, não soube camuflar o ninho, e a perereca deve ter tido algum defeito na coloração, senão, não a teria visto e assim por diante. Seu bicho só vence os fracos, ineptos ou imprudentes, enfim, com algum defeito que a natureza não considera necessário passar para outra geração. Sobrevivem os mais habilidosos, precavidos, fortes e desenvolvidos. Dessa forma, seu bichinho, sem suspeitar disso, serve para os altos objetivos do aperfeiçoamento...

— É claro, claro, claro... A propósito, irmão — disse Samóilenko, como que por acaso —, empreste-me uns cem rublos.

— Está bem. Entre os insetívoros há umas espécies muito interessantes. A toupeira, por exemplo. Dizem que é muito útil porque extermina insetos perniciosos. Contam que um alemão mandou para o imperador Wilhelm I um casaco de pele de toupeira e o imperador ordenou repreendê-lo por ter exterminado tantos animais úteis. No entanto, em matéria de crueldade, a toupeira não deve nada a seu bichinho e, além disso, é muito perniciosa, porque danifica os prados terrivelmente.

Von Koren abriu um pequeno cofre e tirou dele uma nota de cem rublos.

— A toupeira tem tórax muito forte, como o do morcego — prosseguia ele trancando o cofrezinho à chave —, os ossos e os músculos, muito desenvolvidos e a boca, bem armada. Se ela tivesse tamanho de elefante seria o animal mais demolidor e invencível. É curioso: quando duas toupeiras encontram-se debaixo da terra, elas começam a preparar uma área, como se tivessem combinado. Precisam dessa área para ter mais espaço para a luta. Ao prepará-la, entram numa batalha cruel e lutam até o mais fraco sucumbir. Pegue os cem rublos — disse von Koren —, mas com a condição de que não seja para Laiévski.

— E se fosse para Laiévski?! — irritou-se Samóilenko. — O que você tem com isso?

— Não posso emprestar para Laiévski. Sei que você gosta de emprestar dinheiro às pessoas. Emprestaria até ao bandido Kerím, se ele pedisse, mas, perdão, eu não posso lhe ajudar nisso.

— Sim, é para Laiévski! — disse Samóilenko, levantando-se e agitando o braço direito. — Sim! Para Laiévski! E diabo nenhum tem o direito de me ensinar como devo usar meu dinheiro. Não quer me emprestar? Não?

O diácono caiu na risada.

— Não se irrite, raciocine — disse o zoólogo. — Fazer bem para Laiévski é tão pouco inteligente como regar a erva daninha ou dar comida aos gafanhotos.

— A meu ver, nós devemos ajudar nossos próximos! — gritou Samóilenko.

— Nesse caso, ajude aquele turco faminto que está deitado ao pé da cerca! Ele é trabalhador e é mais útil e necessário do que seu Laiévski. Dê a ele esses cem rublos ou contribua para minha expedição!

— Eu lhe pergunto: vai dar ou não?

— Diga sinceramente: para que ele precisa desse dinheiro?

— Isso não é segredo. Ele precisa partir para Petersburgo este sábado.

— Ah! É isso! — falou von Koren numa voz arrastada. — Bem... Entendido. E ela irá junto ou como?

— Por enquanto, ela fica aqui. Ele vai solucionar seus negócios, enviará dinheiro a ela e então ela partirá.

— Essa é boa! — disse o zoólogo e soltou risinhos curtos com sua voz de tenor. — Essa é boa! Muito bem pensado.

Ele se aproximou rapidamente de Samóilenko, encarou-o e perguntou:

— Responda com toda sinceridade: ele deixou de amá-la? Não é? Fale: deixou de amá-la, não é?

— Sim — articulou Samóilenko e ficou coberto de suor.

— Como isso é nojento! — disse von Koren e em seu rosto via-se a aversão que sentia. — De duas uma, Aleksandr Davíditch: ou você participa da conspiração ou você é um babaca. Será que não entende que ele lhe faz de bobo da maneira mais impudica? É claro como a luz do dia que ele quer se livrar dela e deixá-la aqui. Ficará em suas costas, é claro como a luz do dia que você terá de enviá-la a Petersburgo por sua conta. Será que seu excelente amigo deslumbrou você com seus méritos a tal ponto que você não enxerga as coisas mais primárias?

— Isso são apenas suposições — disse Samóilenko, sentando-se.

— Suposições? Então, por que ele vai sozinho e não com ela? E pergunte-lhe: por que ela não vai na frente e ele depois? Ele é um finório e tanto!

Aturdido com repentinas dúvidas e suspeitas em relação a seu amigo, Samóilenko perdeu os brios e baixou o tom.

— Mas isso é impossível! — disse ele, lembrando daquela noite quando Laiévski pernoitou em sua casa. — Ele está sofrendo tanto!

— E daí? Os ladrões e incendiários também sofrem!

— Suponhamos que você tenha razão... — disse Samóilenko, absorto em meditações. — Admitamos... Mas ele é jovem, numa terra estranha... estudante. Nós também somos estudantes e, além de nós, não há quem lhe dê apoio.

— Ajudá-lo a cometer vilanias somente porque você e ele estudavam na universidade em épocas diferentes e ambos não faziam nada lá! Que absurdo!

— Espere, vamos raciocinar calmamente. Pode-se fazer assim, suponho... — raciocinava Samóilenko mexendo com os dedos. — Eu lhe darei o dinheiro, mas peço a ele para me dar a palavra de honra que em uma semana ele enviará a Nadejda Fiódorovna o dinheiro para a viagem.

— E ele lhe dará a palavra de honra e até derramará umas lágrimas e acreditará em si mesmo, mas o que vale a palavra dele? Ele não cumprirá com ela e quando, daqui a um ou dois anos, você o encontrar na avenida Nêvski de braço dado com uma nova amante, ele vai se justificar dizendo que a civilização mutilou-o e que ele é uma semelhança de Rudin[23]. Largue dele, pelo amor de Deus! Afaste-se da sujeira e não mexa nela com ambas as mãos!

Samóilenko pensou por um minuto e disse resolutamente:

— Mesmo assim eu vou lhe emprestar o dinheiro. Queira você ou não. Não posso negar ajuda somente com base em suposições.

— Perfeito. E dê-lhe um beijo.

— Então me dê esses cem rublos — pediu timidamente Samóilenko.

— Não dou.

Instalou-se um silêncio. Samóilenko murchou de vez. Seu rosto adquiriu expressão de culpado, envergonhado e servil e foi estranho ver esse rosto miserável, embaraçado como o de uma criança, num homem enorme com dragonas e condecorações.

— O reverendíssimo daqui percorre sua eparquia não em caleche, mas a cavalo — disse o diácono, descansando sua pena. — Sua aparência sentado no cavalinho é muito comovente. E a simplicidade e a modéstia bíblicas dele são tão majestosas!

---

23 N.T.: protagonista do romance homônimo de I. S. Turguênev.

— Ele é boa pessoa? — perguntou von Koren, contente com a mudança de assunto.

— Ora! E como poderia não ser? Seria elevado à dignidade de prelado se não fosse boa pessoa?

— Entre prelados há pessoas muito boas e talentosas — disse von Koren. É uma pena que muitos deles tenham uma mania: imaginar que são homens de estado. Um se ocupa com a russificação, outro critica as ciências. Isso não é da alçada deles. Seria melhor se frequentassem mais o consistório.

— Homem leigo não pode julgar prelados.

— E por que não, diácono? O prelado é um ser humano igual a mim.

— Igual, mas não tanto — ofendeu-se o diácono, pegando a pena. — Se você fosse igual, receberia dádivas do Espírito Santo e seria prelado, mas já que não é prelado, não é igual.

— Pare com isso, diácono! — disse Samóilenko com voz triste. — Escute, eis o que eu pensei — dirigiu-se ele a von Koren. — Não precisa me dar esses cem rublos. Você vai tomar as refeições em minha casa até o inverno, são ainda três meses. Então, dê-me adiantado por três meses.

— Não dou.

Os olhos de Samóilenko começaram a piscar, ele ficou rubro; automaticamente, puxou o livro com a aranha em cima, olhou para ela, depois levantou-se e pegou o quepe.

Von Koren sentiu pena dele.

— É com senhores desse tipo que a gente tem de conviver e trabalhar! — disse o zoólogo com indignação e deu um pontapé num papel que foi para um canto. — Entenda que isso não é bondade, não é amor, mas covardia, desleixo e veneno! O que o juízo faz, seus corações frouxos e inúteis destroem! Quando eu era ginasiano, contraí tifo abdominal, e minha tia, por compaixão, empanturrou-me com cogumelos conservados em vinagre. Não morri por pouco. Entendam você e sua titia também que o amor ao ser humano não deve estar no coração, nem no estômago, nem na região lombar, mas aqui!

Von Koren bateu em sua própria testa.

— Tome! — disse ele e jogou a nota de cem rublos.

— Você se zanga à toa, Kólia — disse Samóilenko com docilidade, dobrando a nota. — Entendo você perfeitamente, mas... coloque-se em meu lugar.

— Você parece uma velhota simplória, é isso!

O diácono deu uma gargalhada.

— Escute, Aleksandr Davíditch, o último pedido! — disse von Koren com fervor. — Antes de entregar o dinheiro a esse velhaco, imponha uma condição: ou ele parte com sua patroa ou ela que vá na frente, senão, não entregue. Não tem de fazer cerimônias com ele. Diga-lhe assim mesmo, e se não disser, dou-lhe minha palavra de honra que vou à repartição dele, jogo-o escada abaixo e não vou querer nada com você. Fique sabendo!

— Bem, se ele partir com ela ou ela for na frente, será até melhor para ele — disse Samóilenko. — Até ficará contente. Então, adeus.

Ele se despediu carinhosamente, mas antes de fechar a porta atrás de si, olhou para von Koren, fez uma careta feia e disse: — Foram os alemães que estragaram você, meu caro! Sim, os alemães!

XII

No dia seguinte, quinta-feira, Maria Konstantínovna festejava o aniversário de seu Kóstia. Todos foram convidados para comer o bolo ao meio-dia e, às cinco, tomar chocolate. À tarde, quando chegaram Laiévski e Nadejda Fiódorovna, o zoólogo, que já estava na sala de visitas tomando chocolate, perguntou a Samóilenko:

— Falou com ele?

— Ainda não.

— Vê lá, não faça cerimônia. Não consigo entender o descaramento desses senhores! Sabem muito bem como é visto o concubinato deles nessa família e, no entanto, continuam se metendo aqui.

— Se ligarmos para todos os preconceitos — disse Samóilenko —, é melhor nem sair de casa...

— Será que a reprovação do concubinato e da devassidão por parte das massas é preconceito?

— É claro. Preconceito e maldade. Os soldados, quando veem uma moça de comportamento licencioso, gargalham e assobiam, mas pergunte-lhes: quem são eles?

— Não é sem razão que eles assobiam. O fato de que as meretrizes estrangulam seus filhos bastardos e são mandadas para trabalhos forçados, que Anna Karênina jogou-se debaixo do trem, e que nas aldeias picham-se portões, e que você e eu, não se sabe por quê, gostamos da pureza que há em Kátia, o fato de que todos sentem a necessidade de um amor puro, embora saibam que esse amor não existe — tudo isso é preconceito, por acaso? Isso, irmão, é a única coisa que se salvou da seleção natural e, não fosse essa força obscura que regula o relacionamento entre os sexos, senhores como Laiévski iam lhe mostrar com quantos paus se faz uma canoa, e a humanidade ia se degenerar em dois anos.

Laiévski entrou na sala de visitas; cumprimentou todos e, apertando a mão de von Koren, esboçou um sorriso bajulador. Aguardou por um minuto oportuno e disse a Samóilenko:

— Desculpe, Aleksandr Davíditch, preciso trocar uma palavrinha com você.

Samóilenko levantou-se, abraçou-o pela cintura e ambos entraram no escritório de Nikodím Aleksándritch.

— Amanhã é sexta-feira... — disse Laiévski, roendo unhas. — Você conseguiu o que prometeu?

— Consegui apenas duzentos e dez. O restante eu consigo entre hoje e amanhã. Fique tranquilo.

— Graças a Deus!... — suspirou Laiévski e suas mão tremeram de felicidade. — Você está me salvando, Aleksandr Davíditch, e juro por Deus, por minha felicidade e por tudo que quiser: mandarei esse dinheiro a você logo que chegar lá. E a dívida antiga também.

— Sabe, Vánia — disse Samóilenko, pegando no botão dele e corando —, desculpe eu me meter em seus assuntos familiares, mas... por que não viaja com Nadejda Fiódorovna?

— Ô, seu tolinho, é possível isso, por acaso? Um de nós tem de ficar, senão os credores vão botar a boca no mundo. Pois devo às lojas uns setecentos, se não for mais. Espere eu calar as bocas deles, enviando dinheiro, e depois ela vai sair daqui.

— Bem... mas por que não a manda primeiro?

— Oh, meu Deus do céu! Mas é possível fazer isso? — Pois ela é mulher, o que ela poderá fazer lá sozinha? É apenas perda de tempo e de dinheiro.

"Tem razão...", pensou Samóilenko, mas lembrou-se de sua conversa com von Koren, baixou os olhos e disse em tom soturno:

— Não posso concordar com você. Ou vá com ela ou mande-a na frente, senão... senão... não vou lhe dar dinheiro. É minha última palavra...

Ele recuou até a porta, empurrou-a com as costas e saiu para a sala de visitas com o rosto vermelho e num estado de terrível confusão.

"Sexta-feira... sexta-feira", pensava Laiévski, voltando para a sala de visitas. "Sexta-feira..."

Serviram-lhe uma xícara de chocolate. Queimou os lábios e a língua com o chocolate quente e pensava: "Sexta-feira... sexta-feira..."

A palavra "sexta-feira" não saía de sua cabeça; ele não pensava em nada além da sexta-feira, e ficou claro para ele, não na cabeça, mas em algum lugar abaixo do coração, que no sábado ele não viajaria. Diante dele estava Nikodím Aleksándritch, arrumadinho, o cabelo puxado para a fronte, e pedia:

— Sirva-se, peço-lhe encarecidamente...

Maria Konstantínovna mostrava o boletim de Kátia e falava com voz arrastada:

— Nos dias de hoje, é tão difícil, terrivelmente difícil, estudar! Exigem tantas coisas...

— Mamãe... — suplicava Kátia, sem saber onde se esconder do embaraço e dos elogios.

Laiévski também olhou para o boletim e fez elogios. O catecismo, o idioma russo, o comportamento, as notas cinco e quatro[24] começaram a pular diante de seus olhos e tudo isso e ainda a sexta-feira que não desgrudava dele, a fronte de Nikodím Aleksándritch e as faces coradas de Kátia, ele viu como um tédio tão vasto e invencível que por pouco não gritou de desespero e perguntou-se: "Será, será que não sairei daqui?"

Juntaram duas mesas de jogo e sentaram-se para jogar "correio".

Laiévski sentou-se também.

"Sexta-feira... sexta-feira ...", pensava ele, sorrindo e tirando do bolso um lápis. "Sexta-feira..."

Ele queria ponderar sua situação e temia pensar. Dava-lhe medo reconhecer que o doutor captara a mentira que por tanto tempo e com tanto cuidado ele escondeu de si mesmo. Toda vez que pensava em seu futuro, ele não dava plena liberdade a seus pensamentos. Tomaria o trem e partiria — isso resolveria o problema de sua vida, e ele não deixava seus pensamentos irem mais longe. De vez em quando, como uma luzinha fraca num campo, surgia em sua cabeça a ideia de que, num futuro longínquo, numa das ruelas de Petersburgo, para se separar de Nadejda Fiódorovna e pagar as dívidas ele teria de recorrer a uma pequena mentira; ele mentiria só uma vez e

---

24 N.T.: as melhores notas escolares.

depois chegaria à renovação. E é bom isso: a preço de uma pequena mentira ele compraria uma grande verdade.

Agora, quando com sua recusa o doutor aludiu rudemente à mentira, ficou-lhe claro que precisaria da mentira não somente num futuro longínquo, mas hoje, amanhã, dentro de um mês e assim até o fim de sua vida. Realmente, para poder viajar, teria de mentir a Nadejda Fiódorovna, aos credores, a seus chefes; para conseguir dinheiro em Petersburgo, teria de mentir à sua mãe, dizendo que já se separara de Nadejda Fiódorovna; e a mãe não lhe daria mais do que quinhentos rublos — significava que ele já haveria enganado o doutor, porque, no futuro próximo, não teria condições de lhe pagar a dívida. Depois, quando Nadejda Fiódorovna chegasse a Petersburgo, teria de usar uma série de mentiras pequenas e grandes para se separar dela; e novamente lágrimas, tédio, vida odiosa, arrependimento — isso significava que não haveria renovação nenhuma. Mentira, nada mais que mentira. Na imaginação de Laiévski, cresceu uma montanha inteira de mentiras. E para pular essa montanha de uma só vez e não mentir por partes, era preciso se decidir por uma medida drástica — como, por exemplo, levantar-se da cadeira, colocar o chapéu e partir sem dizer uma palavra e sem dinheiro, mas Laiévski sentia que para ele isso seria impossível.

"Sexta-feira... sexta-feira ...", pensava ele. "Sexta-feira..."

Todos escreviam bilhetinhos, dobravam-nos duas vezes e colocavam na cartola velha de Nikodím Aleksándritch e, quando já havia bastantes bilhetinhos, Kóstia, que fazia papel de carteiro, andava em volta da mesa, entregando-os. O diácono, Kátia e Kóstia, que recebiam bilhetinhos engraçados e procuravam escrever outros mais engraçados ainda, estavam eufóricos.

"Precisamos conversar", leu Nadejda Fiódorovna no bilhetinho. Ela olhou para Maria Konstantínovna que, com um sorriso adocicado, acenou que sim.

"Conversar sobre o quê?", pensou Nadejda Fiódorovna. "Se não posso lhe contar tudo, nem vale a pena conversar."

Antes de sair de casa, ela fez o nó na gravata de Laiévski e esse ato insignificante encheu sua alma de ternura e tristeza. A inquietação no rosto dele, os olhares desatentos, a palidez, a mudança estranha que vinha acontecendo com ele ultimamente e o fato de ela ter um horrível e nojento segredo e suas mãos tremerem enquanto fazia o nó — tudo isso lhe dizia que estariam juntos por pouco tempo.

Ela olhava para ele como para um ícone, com temor e arrependimento e pensava: "Perdoe-me, perdoe-me..." Atchmiánov, sentado à sua frente, não tirava dela seus apaixonados olhos negros; os desejos a perturbavam, ela sentia vergonha de si e receava que, hoje ou amanhã, nem a melancolia nem a tristeza fossem lhe impedir de ceder à paixão impura, e que ela, como um beberrão inveterado, já não teria forças para se conter.

Para não continuar com essa vida vergonhosa para ela e ultrajante para Laiévski ela resolveu que iria partir. Suplicaria com lágrimas para que ele a deixasse ir embora e, se protestasse, sairia às escondidas. Não lhe contaria nada sobre o acontecido. Que guardasse dela uma lembrança pura.

"Te amo, te amo, te amo", leu ela. — Isso é de Atchmiánov.

Iria morar no fim do mundo, trabalhar e enviar para Laiévski dinheiro, camisas bordadas e tabaco da parte de "um desconhecido", e voltaria a ele somente na velhice ou se ele tivesse uma doença perigosa e precisasse de auxílio. Quando na velhice ele soubesse dos motivos do abandono e da recusa de ser sua esposa, apreciaria seu sacrifício e a perdoaria.

"Você tem nariz comprido." Isso deve ser do diácono ou de Kóstia.

Nadejda Fiódorovna imaginou como, despedindo-se de Laiévski, ela o abraçaria fortemente, beijaria a mão dele e juraria amá-lo para o resto de sua vida. E depois, naquele fim de mundo, entre pessoas estranhas, ela pensaria todo dia que em algum lugar tinha um amigo, o homem amado, puro, nobre e elevado, que guardava dela uma lembrança pura.

"Se não me marcar encontro hoje, tomarei medidas, dou-lhe palavra de honra. Pessoas honestas não são tratadas desse jeito, entenda isso." É de Kirílin.

XIII

Laiévski recebeu dois bilhetinhos; abriu um deles e leu: "Não vá embora, meu queridinho."

"Quem poderia ter escrito isso?", pensou ele. "Certamente, não foi Samóilenko. Nem o diácono, porque ele não sabe que eu quero partir. Seria von Koren?"

O zoólogo, inclinando-se sobre a mesa, desenhava uma pirâmide. Seus olhos pareciam sorrir.

"Provavelmente, Samóilenko deu com a língua nos dentes...", pensou Laiévski.

No outro bilhetinho, com a mesma letra quebrada e com rabinhos longos e garatujas estava escrito: "Alguém não vai partir no sábado".

"É uma chacota besta", pensou Laiévski. "Sexta-feira, sexta-feira..."

Sentiu um aperto na garganta. Mexeu no colarinho e tossiu. Mas, em lugar da tosse, da garganta prorrompeu um riso.

— Há-há-há! — gargalhou ele. — Há-há-há! "Do que estou rindo?", pensou ele. — Há-há-há!

Ele tentou conter o riso, tapou a boca com a mão, mas o riso sufocava seu peito e o pescoço, a mão não conseguia fechar a boca.

"Como é estúpido isso!", pensava ele, rolando de rir. "Será que enlouqueci?"

O riso tornava-se cada vez mais alto e acabou se transformando em algo parecido com o latido de um lulu. Laiévski tentou sair da mesa, mas as pernas não lhe obedeceram e a mão direita pulava estranhamente na mesa contra sua vontade, pegava convulsivamente os bilhetinhos e apertava-os. Ele viu olhares de surpresa, o rosto sério e assustado de Samóilenko, o olhar frio de troça e de repulsa do zoólogo, e entendeu que estava tendo um ataque de histeria.

"Que coisa feia, que vergonha!", pensava ele, sentindo o calor das lágrimas nas faces. "Ai, ai, que desonra! Nunca aconteceu isso comigo..."

Pegaram-no pelos braços e, apoiando a cabeça por trás, levaram-no para algum lugar; eis que um copo brilhou diante de seus olhos, e bateu contra seus dentes, derramando água em seu peito; estava num pequeno quarto, com duas camas no meio, lado a lado, cobertas com colchas limpas, brancas como a neve. Ele caiu numa delas e se desfez em prantos.

— Não faz mal, não faz mal — dizia Samóilenko. — Acontece... Acontece...

Nadejda Fiódorovna, gelada de pavor, tremendo de corpo inteiro e pressentindo algo terrível, estava perto da cama e perguntava:

— O que há com você, o quê? Diga, pelo amor de Deus.

"Kirílin teria lhe escrito algo?", pensava ela.

— Nada não... — disse Laiévski, rindo e chorando. — Saia daqui... meu anjo.

Em seu rosto não havia ódio, nem aversão: quer dizer que não sabia de nada. Nadejda Fiódorovna acalmou-se um pouco e foi para a sala de visitas.

— Não se preocupe, meu bem! — disse-lhe Maria Konstantínovna, sentando-se a seu lado e pegando sua mão. — Isso vai passar. Os homens são tão fracos quanto nós, as pecadoras. Vocês dois estão passando por uma crise... isso é compreensível! Bem, querida, você não me respondeu. Vamos conversar?

— Não, não vamos conversar... disse Nadejda Fiódorovna, prestando atenção nos prantos de Laiévski. — Estou deprimida... permita-me deixá-la.

— Que é isso, meu bem! — assustou-se Maria Konstantínovna. — Não está pensando que vou deixá-la sair sem jantar? Vamos comer, e depois pode ir com Deus!

— Estou deprimida... — sussurrou Nadejda Fiódorovna e, para não cair, apoiou-se com as duas mãos nos braços da poltrona.

— Ele teve convulsões! — anunciou alegremente von Koren, entrando na sala de visitas, mas, ao ver Nadejda Fiódorovna, embaraçou-se e saiu.

Depois que o ataque passou, Laiévski ficou sentado na cama, pensando:

"Que vergonha, desfiz-me em lágrimas feito uma meninota! Devo ter sido ridículo e nojento. Vou sair pela porta dos fundos... Mas significaria que dou importância a essa histeria. Seria melhor fingir que era uma brincadeira..."

Ele se olhou no espelho, ficou mais um tempinho sentado e saiu para a sala de visitas.

— Aqui estou! — disse ele sorrindo; sentia uma tremenda vergonha e via que os outros sentiam-se constrangidos com sua presença. — Cada coisa que acontece! — disse ele, sentando-se. — Estava aqui e, de repente, senti uma terrível dor pungente no lado... Insuportável, os nervos não aguentaram e... deu nessa coisa boba. A nossa época é nervosa. O que se há de fazer?

Durante o jantar ele tomava vinho, conversava e, de vez em quando, suspirava convulsivamente, passando a mão no flanco, para mostrar que ainda sentia dor. E ninguém, exceto Nadejda Fiódorovna, acreditava nele e ele percebia isso. Depois das nove, todos saíram para um passeio pelo bulevar. Nadejda Fiódorovna, com medo de que Kirílin tentasse conversar com ela, procurava se manter perto de Maria Konstantínovna e das crianças. O susto e a depressão deixaram-na fraca, ela sentia que teria febre, estava aflita, mal arrastava os pés, mas não voltava para casa, porque tinha certeza de que seria seguida por Kirílin ou Atchmiánov, ou até pelos dois. Kirílin caminhava atrás, ao lado de Nikodím Aleksándritch, e cantarolava, à meia voz:

— *Não permitire-ei brinca-ar comigo! Não permitirei!*

Saindo do bulevar, foram em direção ao quiosque pela beira do mar, e ficaram muito tempo observando a fosforescência do mar. Von Koren começou a explicar por que ele fosforescia.

XIV

— É hora de jogar *wint*... Estão me esperando — disse Laiévski. — Adeus, senhores.

— Eu vou com você, espere — disse Nadejda Fiódorovna e tomou-o pelo braço.

Eles se despediram do grupo e se foram. Kirílin também se despediu, e juntou-se a eles, dizendo que estava indo para o mesmo lado.

"Seja o que Deus quiser...", pensou Nadejda Fiódorovna. "Que seja..."

Parecia-lhe que todas as más lembranças tinham saído de sua cabeça e estavam caminhando na escuridão ao lado dela, respirando com dificuldade, e ela mesma, como uma mosca que caiu no tinteiro, arrastava-se pela calçada e sujava com a tinta preta o lado e o braço de Laiévski.

"Se Kirílin fizer algo ruim", pensava ela, "a culpa não será dele, mas minha". Houve tempos em que homem algum falava com ela assim como Kirílin o fazia, e foi ela mesma que cortou aquele tempo, como uma linha de costura, e o perdeu para sempre — e quem tem culpa disso? Embriagada com seus desejos, ela começou a sorrir a um desconhecido, provavelmente apenas porque ele era alto e esbelto, mas em dois encontros cansou dele e o deixou, "e por isso", pensava ela agora,"não teria ele o direito de me tratar como quiser?"

— Aqui eu me despeço de você, meu anjo — disse Laiévski, parando. — Iliá Mikháilovitch acompanhará você.

Ele fez uma reverência a Kirílin, atravessou rapidamente o bulevar, depois a rua, dirigindo-se à casa de Chechkóvski, cujas janelas estavam iluminadas. Logo depois, ouviu-se o bater da portinhola.

— Permita-me explicar a você — começou Kirílin. — Não sou um moleque, nem um Atchkássov, Latchkássov ou Zatchkássov qualquer... Eu exijo uma atenção séria!

O coração de Nadejda Fiódorovna disparou. Ela não respondeu.

— No começo, eu explicava essa mudança brusca no tratamento comigo como faceirice — prosseguia Kirílin —, mas agora vejo que você não sabe lidar com pessoas decentes. Queria apenas brincar comigo, como com esse moleque armênio, mas eu sou pessoa digna e exijo ser tratado como tal. Pois bem, estou às suas ordens...

— Eu estou deprimida... — disse Nadejda Fiódorovna e começou a chorar, virando o rosto para esconder as lágrimas.

— Também estou deprimido, mas o que se infere disso?

Kirílin esperou um pouco e disse distinta e pausadamente: — Eu repito, cara senhora, que se recusar a se encontrar comigo hoje, hoje mesmo vou armar um escândalo.

— Deixe-me em paz hoje — disse Nadejda Fiódorovna, e não reconheceu sua própria voz, a tal ponto ela ficou fina e lamentosa.

— Devo lhe dar uma lição... Desculpe o tom rude, mas preciso lhe dar uma lição. Sim, infelizmente, devo lhe dar uma lição. Exijo dois encontros: um hoje e o outro amanhã. Depois de amanhã, você está livre e pode ir aonde quiser e com quem quiser. Hoje e amanhã.

Nadejda Fiódorovna aproximou-se de sua portinhola e parou.

— Deixe-me ir! — sussurrou ela, tremendo de corpo inteiro e, na escuridão, não enxergava nada além da túnica branca. — Tem razão, sou uma mulher horrível, a culpa é minha, mas me deixe... peço-lhe... — ela tocou na mão fria dele e estremeceu — eu suplico...

— Infelizmente! — suspirou Kirílin. — Infelizmente! Não está nos meus planos deixá-la, apenas quero lhe dar uma lição, fazê-la entender e, além do mais, madame, confio muito pouco nas mulheres.

— Eu estou deprimida...

Nadejda Fiódorovna ouviu o monótono rumor das ondas, olhou para o céu estrelado e deu-lhe vontade de pôr fim a tudo isso o quanto antes, desfazer-se dessa sensação maldita da vida com o mar, estrelas, homens, malárias...

— Mas não em minha casa... — disse ela friamente. — Leve-me para algum lugar.

— Vamos à casa de Miurídov. É o melhor.

— Onde é isso?

— Perto do aterro velho.

Ela caminhou depressa pela rua, depois entrou na travessa que levava às montanhas. Estava escuro. Em alguns lugares da calçada, havia faixas de luz vindas das janelas iluminadas e parecia-lhe que ela, como uma mosca, ora caía no tinteiro, ora saía dele para a luz. Kirílin a seguia. Num lugar ele tropeçou, por pouco não caiu, e deu uma risada.

"Está bêbedo", pensou Nadejda Fiódorovna. "Tanto faz... Tanto faz... Que seja."

Atchmiánov também se despediu do grupo logo em seguida e foi atrás de Nadejda Fiódorovna para convidá-la a um passeio de barco. Aproximou-se da casa dela, olhou pela paliçada: as janelas estavam escancaradas, não havia luz.

— Nadejda Fiódorovna! — chamou ele.

Passou-se um minuto. Ele chamou outra vez.

— Quem está aí? — ouviu-se a voz de Olga.

— Nadejda Fiódorovna está em casa?

— Não. Não voltou ainda.

"Estranho... Muito estranho", pensou Atchmiánov, começando a sentir uma forte inquietação. "Pois ela foi em direção à casa..."

Ele caminhou pelo bulevar, depois pela rua, espiou pelas janelas de Chechkóvski. Laiévski, sentado à mesa em mangas de camisa, olhava atentamente para as cartas.

— Estranho... estranho — resmungou Atchmiánov e, lembrando-se da histeria que acometera Laiévski, sentiu-se envergonhado. — Se não está em casa, onde estaria?

Novamente foi até a casa de Nadejda Fiódorovna e olhou para as janelas escuras.

"Isto é uma traição, uma traição...", pensou ele, lembrando que ela mesma prometeu passear de barco com ele quando o encontrou na casa dos Bitiugov ao meio-dia.

As janelas da casa onde morava Kirílin também estavam escuras e um guarda dormia sentado num banco perto do portão. Quando Atchmiánov viu as janelas escuras e o guarda, ficou tudo claro para ele. Resolveu voltar para casa e foi, mas se viu novamente perto da casa de Nadejda Fiódorovna. Ali ele se sentou num banco, tirou o chapéu, sentindo a cabeça arder de ciúmes e ressentimento.

O relógio da igreja municipal batia somente duas vezes ao dia: ao meio-dia e à meia-noite. Logo depois que o relógio deu meia-noite, ouviu passos apressados.

— Então, amanhã à noite, na casa de Miurídov! — ouviu Atchmiánov e reconheceu a voz de Kirílin. — Às oito. Até a vista!

Perto da paliçada apareceu Nadejda Fiódorovna. Sem reparar em Atchmiánov sentado no banco, passou por ele como uma sombra e entrou na casa, deixando a porta destrancada. Em seu quarto, ela acendeu uma vela, tirou a roupa, mas em lugar de deitar, ajoelhou-se na frente da cadeira, abraçou-a e encostou a cabeça.

Laiévski voltou para casa depois das duas.

XV

Ao resolver mentir por partes e não de uma vez, Laiévski, no dia seguinte, depois da uma da tarde, foi à casa de Samóilenko pedir o dinheiro para poder viajar no sábado, custasse o que custasse! Depois da histeria do dia anterior, que acrescentou o pungente sentimento de vergonha a seu penoso estado de espírito, era impossível ficar na cidade. "Se Samóilenko insistir em suas condições", pensava ele, "posso aceitá-las, pegar o dinheiro e, amanhã, na hora da partida, dizer que Nadejda Fiódorovna recusou-se a viajar. Na véspera, à noite, posso convencê-la de que isso é para o bem dela. E se Samóilenko, influenciado por von Koren, evidentemente, negar definitivamente ou impuser outras condições, viajará de navio cargueiro ou de veleiro até Nova Afon ou Novorossiysk, e de lá enviará à mãe um telegrama, humilhante para ele, e ficará aguardando ela lhe mandar o dinheiro para a viagem".

Ao chegar à casa de Samóilenko, encontrou von Koren na sala de visitas. O zoólogo acabava de chegar para o almoço e, como sempre, examinava no álbum os homens de cartolas e as damas de toucas.

"Totalmente fora de propósito!", pensou Laiévski ao vê-lo. "Ele pode atrapalhar".

— Boa tarde!

— Boa tarde — respondeu von Koren, sem olhar para ele.

— Aleksandr Davíditch está em casa?

— Sim. Na cozinha.

Laiévski entrou na cozinha, mas quando viu que Samóilenko estava ocupado com a salada, voltou para a sala e se sentou.

Na presença do zoólogo ele sempre se sentia sem jeito e agora tinha medo de ter de falar da histeria. Mais de um minuto passou-se em silêncio. De repente von Koren levantou os olhos para Laiévski e perguntou:

— Como se sente depois de ontem?

— Perfeito — respondeu Laiévski, corando. — Na realidade, não houve nada de extraordinário...

— Até o dia de ontem eu achava que histerias só acontecem com damas e por isso pensei que você teve a dança de São Vito[25].

Laiévski respondeu com um sorriso lisonjeiro e pensou: "Como é indelicado da parte dele. Pois ele sabe como é desagradável para mim..." — Sim, foi uma cena divertida — disse ele, sem parar de sorrir. — Hoje fiquei rindo a manhã inteira. É curioso que durante o ataque de histeria você sabe que isso é ridículo, você ri por dentro e, ao mesmo tempo, chora. No nosso tempo agitado, somos escravos de nossos nervos; eles são nossos donos e fazem o que querem conosco. Nesse sentido, a civilização prestou-nos um desserviço...

25 N.T.: coreia: distúrbio encefálico caracterizado por movimentos musculares anormais e involuntários.

Enquanto Laiévski falava, incomodava-lhe ver von Koren ouvindo-o com seriedade e atenção e olhando para ele fixamente, sem piscar, como se o examinasse; e se aborrecia consigo mesmo porque não conseguia tirar esse sorriso lisonjeiro de seu rosto, apesar de todo o desamor que sentia por von Koren.

— Embora deva confessar — prosseguia ele — que recentemente surgiram causas para um ataque, e bastante sérias. Ultimamente minha saúde esteve abalada. Acrescente a isso o tédio, a constante falta de dinheiro... falta de pessoas e de interesses comuns. Uma situação péssima.

— Sim. Você está num beco sem saída — disse von Koren.

Essas palavras calmas e frias, que eram ou uma caçoada, ou uma profecia indiscreta, ofenderam Laiévski. Lembrou-se do olhar da véspera do zoólogo, cheio de troça e de repulsa, ficou calado e depois perguntou, já sem o sorriso:

— Como ficou sabendo de minha situação?

— Você mesmo acabou de falar dela, e seus amigos demonstram tanto interesse por você que o dia todo só se ouve falar de sua pessoa.

— Que amigos? Samóilenko, não é?

— Sim, ele também.

— Devo pedir a Aleksandr Davíditch e aos meus amigos em geral para se preocuparem menos comigo.

— Eis Samóilenko vindo, peça-lhe que se preocupe menos com você.

— Eu não entendo esse seu tom... — resmungou Laiévski; ele ficou tão transtornado, como se somente agora descobrisse o quanto o zoólogo o odiava e escarnecia dele, e que era seu inimigo figadal, irreconciliável. — Guarde esse tom para outro qualquer — disse ele baixo, sem forças para falar alto pelo ódio que lhe apertava o peito e a garganta, como no dia anterior com o desejo de rir.

Entrou Samóilenko, em mangas de camisa, suado e rubro do calor da cozinha. — Ah, você por aqui? — disse ele. — Boa tarde, querido. Já almoçou? Não faça cerimônia, diga: almoçou?

— Aleksandr Davíditch — disse Laiévski, levantando-se —, se eu me dirigi a você com algum pedido, não significa que o isentei do dever de ser discreto e de guardar segredos alheios.

— O quê? — surpreendeu-se Samóilenko.

— Se você não tem dinheiro — prosseguia Laiévski agitado, elevando a voz, apoiando-se ora num pé, ora no outro — então negue, não empreste, mas para que anunciar em cada ruela que estou num beco sem saída e outras coisas? Eu detesto essas bondades e favores que amigos fazem no valor de um copeque e fala-se deles como se valessem um rublo! Pode se gabar de suas bondades o quanto você quiser, mas ninguém lhe deu o direito de revelar meus segredos!

— Que segredos? — perguntou Samóilenko, perplexo e irritado. — Se veio para brigar, vá embora. Volte mais tarde!

Ele se lembrou da regra de contar mentalmente até cem para se acalmar quando se irrita com o próximo, e começou a contar.

— Peço que não se preocupe comigo! — continuava Laiévski. — Não me dê mais atenção. E quem tem algo a ver comigo e com minha vida? Sim, eu quero ir embora! Sim, eu faço dívidas, bebo, vivo com a mulher de outro, tenho histeria, sou vulgar, não sou de pensamentos profundos, como alguns, e o que vocês têm com isso? Respeitem a individualidade!

— Desculpe, irmão — disse Samóilenko que já tinha contado até trinta e cinco —, mas...

— Respeitem a individualidade! — interrompeu-o Laiévski. — Essas conversas de sempre a respeito dos outros, os Ah! e Oh!, bisbilhotagem, escuta, demonstrações de simpatia... ao diabo! Emprestam-me dinheiro impondo condições, como se eu fosse um moleque! Tratam-me de cima, com arrogância, como não sei o quê! Não quero nada disso! — gritou Laiévski, perdendo o equilíbrio de tão agitado e temendo ter mais um ataque de histeria. "Significa que no sábado eu não vou embora", passou-lhe pela cabeça. — Não quero nada! Só peço que me livrem da tutela. Não sou moleque, não sou louco e, por favor, dispensem essa vigilância!

Entrou o diácono e, vendo Laiévski pálido, agitando os braços, fazendo um discurso estranho dirigido ao retrato do conde Vorontsov, pregou firme os pés no chão, perto da porta.

— As constantes perscrutações de meu íntimo — prosseguia Laiévski — ofendem minha dignidade humana e eu peço que os detetives voluntários parem com sua espionagem. Chega!

— O que... o que você disse? — perguntou Samóilenko, que tinha contado até cem e, ficando rubro, aproximou-se de Laiévski.

— Chega! — repetiu Laiévski, ofegando e tirando o boné.

— Sou um médico russo, fidalgo e conselheiro do Estado! — disse pausadamente Samóilenko. — Nunca fui espião e não permito que ninguém me ofenda! — gritou ele com voz rachada e acentuando a última palavra. — Cale-se!

O diácono, que jamais tinha visto o doutor tão majestoso, enfatuado, rubro e terrível, apertou com a mão sua boca, saiu correndo para a antessala e caiu na risada.

Com névoas nos olhos, Laiévski viu von Koren se levantar, pôr as mãos nos bolsos das calças e parar numa pose, como que esperando para ver o que mais aconteceria. Essa pose de serenidade pareceu a Laiévski extremamente insolente e ultrajante.

— Queira retirar suas palavras! — gritou Samóilenko.

Laiévski, que já não se lembrava que palavras ele tinha dito, respondeu: — Deixem-me em paz! Não quero nada! Só quero que vocês e os judeus naturais da Alemanha me deixem em paz! Caso contrário, tomarei medidas! Eu vou me bater!

— Agora entendi! — disse von Koren, saindo de trás da mesa. — Antes de partir, o senhor Laiévski deseja se divertir com um duelo. Posso lhe proporcionar esse prazer: senhor Laiévski, aceito seu desafio.

— Desafio? — disse baixo Laiévski, aproximando-se do zoólogo, olhando com ódio para sua testa morena e o cabelo crespo. — Desafio? Pois bem! Odeio você! Odeio!

— Fico contente. Amanhã de manhã, bem cedo, perto de Kerbalai, deixo todos os detalhes a seu gosto. E agora, saia daqui.

— Odeio você! — dizia Laiévski baixo, arfando. — Odeio faz muito tempo! Duelo! Sim!

— Aleksandr Davíditch, tire-o daqui, senão eu vou embora. — disse von Koren. — Ele vai me morder.

O tom sereno de von Koren esfriou o doutor; ele voltou a si, recobrou o juízo, pegou Laiévski com ambas as mãos pela cintura e, afastando-o de von Koren, começou a falar com voz carinhosa e trêmula de emoção: — Meus amigos... queridos, bons... queimaram-se um com o outro e chega... chega... Meus amigos...

Ao ouvir uma voz suave, amigável, Laiévski sentiu que em sua vida aconteceu algo extraordinário, monstruoso, como se por pouco não tivesse sido esmagado por um trem. Mal conteve o choro, agitou o braço e saiu correndo da sala.

"Sentir na própria pele o ódio do outro, mostrar-se desprezível e impotente na frente da pessoa que te odeia... meu Deus, como isso é penoso!", pensava ele logo depois, sentado num quiosque, e o ódio alheio recém-despejado sobre ele como uma ferrugem na pele. "Como isso é grosseiro, meu Deus!"

Água com gelo e conhaque animou-o. Lembrou-se nitidamente da cara impassível e soberba de von Koren, de seu olhar na véspera, da camisa parecida com um tapete, da voz, das mãos brancas, e mexeu-se em seu peito um ódio louco, pesado, faminto, que exigia uma satisfação. Em seus pensamentos, ele derrubava von Koren no chão e o pisoteava. Lembrava-se nos mínimos detalhes de tudo o que havia acontecido e estranhava como ele podia sorrir com lisonja a um miserável e, em geral, dar importância à opinião de gente mesquinha, desconhecida, que vive numa cidadezinha insignificante que nem parece existir no mapa e sobre a qual nenhuma pessoa decente em Petersburgo ouviu falar. Se essa cidadezinha desaparecesse de repente, ou fosse reduzida a cinzas, a notícia telegrafada sobre isso para a Rússia seria lida lá com a mesma indiferença com que se lê um anúncio sobre venda de móveis velhos. Matar von Koren, ou deixá-lo vivo — tanto faz: seria igualmente inútil e desinteressante. Melhor atirar em seu braço ou em sua perna, depois rir dele, deixá-lo, como um inseto no mato com perninha arrancada; e que se perca com seu sofrimento sufocado no meio da multidão de gente insignificante como ele.

Laiévski foi à casa de Chechkóvski, contou-lhe tudo e lhe pediu que fosse seu padrinho. Depois, os dois foram à casa do chefe do correio e telégrafo, convidaram-no também como padrinho e ficaram para almoçar com ele. Durante o almoço, brincavam e riam muito, Laiévski zombava dizendo que praticamente não sabia atirar e chamava a si mesmo de fuzileiro real e de Wilhelm Tell.

— É preciso dar uma lição a esse senhor... — dizia ele.

Depois do almoço, sentaram-se para jogar cartas. Laiévski jogava, tomava vinho e pensava que o duelo era uma tolice e não tinha sentido, porque não resolveria nada, só complicaria, mas que, às vezes, não havia como passar sem ele. Nesse caso, por exemplo, não dá para recorrer ao juiz de paz com demanda contra von Koren! Mas o duelo iminente tinha uma vantagem porque depois ele já não poderia mesmo permanecer na cidade. Ficou levemente embriagado, divertia-se com o baralho e se sentia bem.

Mas quando o sol se pôs e chegou a escuridão, uma inquietação tomou conta dele. Não era medo da morte, pois, enquanto almoçava e jogava cartas, havia dentro dele a confiança de que o duelo não daria em nada; era um medo do algo desconhecido, daquilo que pela primeira vez em sua vida haveria de acontecer no dia seguinte de manhã e o medo da noite que estava descendo... Sabia que a noite seria longa, sem sono e que teria de pensar não só em von Koren e no ódio dele, mas na montanha de mentiras que ele teria de escalar, pois não tinha forças nem habilidade para contorná-la.

Parecia que ele tinha adoecido de uma hora para outra: perdeu, de repente, o interesse por cartas e pessoas, ficou agitado e pediu licença para voltar para casa. Queria ir para a cama o quanto antes, ficar imóvel e concatenar suas ideias até a madrugada. Chechkóvski e o chefe do correio acompanharam-no e foram falar com von Koren sobre o duelo.

Perto de sua casa encontrou Atchmiánov. O jovem ofegava e estava muito excitado.

— Estou à sua procura, Ivan Andréitch! — disse ele. — Por favor, siga-me depressa...

— Para onde?

— Uma pessoa que o senhor não conhece deseja vê-lo, tem um assunto muito importante para o senhor. Pediu encarecidamente para ir à casa dela por um minuto. Precisa muito lhe falar... Para ela é questão de vida ou morte...

Estando agitado, Atchmiánov falou isso com um forte sotaque armênio e a palavra "vida" soou estranho.

— Quem é essa pessoa? — perguntou Laiévski.

— Ela pediu para não dar o nome.

— Diga-lhe que estou ocupado. Amanhã, se quiser...

— Impossível! — assustou-se Atchmiánov. — Ela tem algo tão importante a lhe dizer... Muito importante! Se o senhor não for, vai acontecer uma desgraça.

— Estranho... — resmungou Laiévski. Não dava para entender por que Atchmiánov estava tão excitado e que mistérios podia haver nessa cidadezinha chata e inútil. — Estranho — repetiu ele, pensativo. — Aliás, vamo-nos. Tanto faz.

Atchmiánov andou depressa, ele o seguia. Passaram a rua e entraram numa travessa.

— Como é fastidioso isso — disse Laiévski.

— Já, já... Falta pouco.

Perto do aterro velho eles seguiram por uma ruela estreita entre dois terrenos baldios cercados, depois entraram num pátio e se dirigiram a uma casinha...

— Não é a casa de Miurídov? — perguntou Laiévski.

— Sim.

— Então, por que estamos indo pelos fundos? Poderíamos ter ido pela rua... De lá é mais perto...

— Não faz mal, não faz mal...

A Laiévski pareceu estranho também que Atchmiánov levou-o à porta dos fundos e fez sinal com a mão pedindo para andar sem fazer ruído e ficar calado.

— Por aqui, por aqui... — disse Atchmiánov, abrindo a porta com cuidado e foi entrando nas pontas dos pés. — Silêncio, silêncio, por favor... Podem nos ouvir.

Ele apurou o ouvido, tomou um fôlego profundo e disse, sussurrando:

— Abra esta porta e entre... Não tenha medo.

Laiévski, sem entender nada, abriu a porta e entrou num quarto com teto baixo e janelas acortinadas. Na mesa, havia uma vela acesa.

— Procurando quem? — perguntou alguém do quarto geminado. — É você, Miuridka?

Laiévski entrou no outro quarto, viu Kirílin e, ao lado dele, Nadejda Fiódorovna.

Ele não ouviu o que foi dito a ele, recuou e nem percebeu como saiu para a rua. O ódio por von Koren, a inquietude — tudo sumiu de sua alma. Voltando para casa, ele agitava canhestramente o braço direito e olhava com atenção para o chão, procurando ir pela parte lisa. Em casa, no escritório, andou de um canto para outro, esfregando as mãos, mexendo bruscamente com os ombros e o pescoço, como se a camisa e o casaco o apertassem, depois acendeu a vela e sentou-se à escrivaninha...

XVI

— As humanidades das quais está falando só vão satisfazer o pensamento humano quando se encontrarem em seu movimento com as ciências exatas e caminharem ao lado delas. Se vão se encontrar sob o microscópio, nos monólogos de um novo Hamlet ou numa nova religião, eu não sei, mas acho que a Terra será coberta por um córtex de gelo antes que isso aconteça. De todos os conhecimentos humanos o mais inabalável e duradouro é, sem dúvida, o ensinamento de Cristo, mas veja, até ele é interpretado de maneiras diferentes! Uns ensinam "amar a todos os próximos", mas fazem exceção para soldados, criminosos e dementes; os primeiros podem ser mortos na guerra, os segundos, isolados ou executados e aos terceiros proíbem contrair o matrimônio. Outros interpretadores ensinam amar a todos os próximos sem exceção e sem distinção entre os prós e os contras. Segundo eles, se um tísico, criminoso ou epilético vem lhe pedir a mão de sua filha, consinta; se uns cretinos declaram guerra aos mental e fisicamente sãos, abaixem suas cabeças. Se esse sermão de "amor pelo amor", como o de "arte pela arte", vigorasse, acabaria levando a humanidade à extinção e, dessa forma, seria o mais grandioso dos delitos já cometidos na Terra. Interpretações são muitas e, se são muitas, é porque todo pensamento sério não se satisfaz com nenhuma delas e se apressa em acrescentar sua própria a esse monte de interpretações. Por isso, nunca coloque a questão no terreno filosófico como você diz ou no chamado terreno cristão; com isso você apenas se afasta da solução.

O diácono ouviu atentamente o zoólogo, pensou e perguntou:

— A lei moral, que é própria de cada indivíduo, foi inventada por filósofos ou criada por Deus juntamente com o corpo humano?

— Não sei. Mas essa lei é tão comum para todos os povos e para todos os tempos que foi reconhecida como organicamente ligada ao ser humano. Ela não foi inventada, mas existe e sempre existirá. Não vou lhe dizer que um dia será vista ao microscópio, mas essa ligação orgânica já está sendo provada pela evidência: o sofrimento grave do cérebro e todas as doenças chamadas psíquicas manifestam-se, em primeiro lugar, na perversão da lei moral, pelo que me consta.

— Está bem. Significa que, assim como o estômago quer comer, o sentimento moral quer que amemos nossos próximos. É isso? Mas a nossa natureza egoísta resiste à voz da consciência e da razão e por isso surgem muitas questões de quebra-cabeça. A quem devemos recorrer para achar a solução dessas questões, já que você não recomenda colocá-las no terreno filosófico?

— Recorra àqueles poucos conhecimentos exatos que possuímos. Confie na evidência e na lógica dos fatos. São escassos, sim. Mas, em compensação, não tão movediços e vagos, como a filosofia. Digamos que a lei moral exige que você ame pessoas. Mas o amor deve excluir tudo o que, de uma ou outra maneira, prejudique pessoas e represente um perigo no presente e no futuro. Nossos conhecimentos e a evidência lhe dizem que a humanidade corre perigo da parte de pessoas anormais física e moralmente. Nesse caso, você combate os anormais. Se não for capaz de torná-los normais, deverá ter forças e perícia para eliminá-los.

— Quer dizer que o amor consiste em que o forte deve vencer o fraco?

— Sem dúvida.

— Mas foram os fortes que crucificaram Nosso Senhor Jesus Cristo! — disse o diácono impetuosamente.

— Aí que está a coisa: não foram os fortes que o crucificaram, mas os fracos. A cultura humana enfraqueceu e faz tudo para reduzir a zero a luta pela sobrevivência e a seleção natural. Daí a proliferação rápida dos fracos e seu predomínio sobre os fortes. Imagine que conseguiu incutir nas abelhas ideias de humanitarismo em sua forma rudimentar, não elaborada. O que acontecerá com isso? Os zangões, que deveriam ser mortos, continuarão vivos a consumir mel, perverter e exterminar as abelhas. Resultado: a predominância dos fracos sobre os fortes. O mesmo acontece agora com a humanidade; os fracos oprimem os fortes. Entre os selvagens, ainda não atingidos pela civilização, o mais forte, o mais sábio e o mais moral está indo na frente, ele é o chefe e o soberano. E nós, os civilizados, crucificamos Cristo e continuamos crucificando-o. Significa que nos falta algo... E esse "algo" nós devemos recuperar, senão essas desavenças nunca terão fim.

— Mas qual é o critério que você usa para distinguir os fortes dos fracos?

— O conhecimento e a evidência. Os tísicos e escrofulosos são reconhecidos pelas doenças; e os amorais e dementes, pelos atos.

— Mas há possibilidade de erro!

— Sim, mas quem sai na chuva é para se molhar.

— Isso é filosofia! — riu o diácono.

— Nem um pouco. Você está tão contaminado por sua filosofia seminarística, que só quer ver neblina em tudo. As ciências abstratas, que encheram sua jovem cabeça, são chamadas abstratas justamente porque abstraem sua mente da evidência. Encare o diabo e, caso veja que ele é o diabo, diga que é o diabo e não amole Kant ou Hegel pedindo explicações.

O zoólogo ficou calado por uns instantes e depois prosseguiu: — Dois mais dois são quatro e pedra é pedra. Amanhã, por exemplo, haverá um duelo. Você e eu diremos que isso é tolice, absurdo, que o tempo dos duelos já acabou, que no fundo o duelo aristocrático não se diferencia de uma briga num botequim e, mesmo assim, não desistiremos, iremos até lá e nos bateremos. Significa que existe uma força que é mais poderosa que nossos raciocínios. Nós declaramos que guerra é banditismo, barbárie, horror, fratricídio, não podemos ver sangue sem desmaiar; porém, basta os franceses ou alemães nos ofenderem e o nosso ânimo levanta-se, gritamos "hurra!" espontaneamente e nos lançamos contra o inimigo com as armas, para as quais vocês pediram a bênção de Deus, e a nossa bravura causará admiração geral e sincera, além de tudo. Mais uma prova de que existe algo que, se não está acima de nós, é mais forte que nós e a nossa filosofia. Não podemos fazer essa força parar, assim como aquela nuvem que está se movendo em cima do mar. Não seja hipócrita, não faça figa no bolso e não diga: "Ah, que tolice! Ah, isso já caducou! Ah, isso não está de acordo com as Escrituras!", mas a encare, reconheça sua legitimidade racional e, quando ela quiser aniquilar, por exemplo, o povo débil, escrofuloso ou depravado, não a impeça com suas pílulas e citações mal interpretadas do Evangelho. Leskov[26], por exemplo, tem uma personagem, um tal de Danila, cheio de escrúpulos, que encontrou no subúrbio um leproso, abrigou-o e sustentou-o por amor a Cristo. Se esse Danila realmente tivesse amor pelas pessoas, o teria levado para longe da cidade, jogaria numa vala e iria ajudar à gente sã. Espero que Cristo tenha preceituado um amor racional, conscientizado e proveitoso.

— Olhe só! — riu o diácono. — Já que não acredita em Cristo, para que o menciona com tanta frequência?

— Não! Eu acredito! Só que a meu modo e não ao seu, evidentemente. Ô, seu diácono, seu diácono! — riu o zoólogo. Pegou-o pela cintura e disse em tom alegre: — E aí? Vamos ao duelo amanhã?

— Minha dignidade não permite, caso contrário eu iria.

— E o que significa: dignidade?

— Fui elevado. Recebi dádivas do Espírito Santo.

— Ô, seu diácono, seu diácono! — repetiu, von Koren, rindo. — Gosto de conversar com você.

— Você diz: tenho fé — disse o diácono. — Mas que fé é essa? Meu tio que é padre, tem tanta fé que, quando na seca vai para o campo pedir chuva a Deus, leva consigo o guarda-chuva e um casaco de couro para não se molhar na volta. Isso é que é fé! Quando fala em Cristo, há um resplendor em vol-

26 N.T.: trata-se de "A lenda sobre o consciencioso Danila" de N. S. Leskov (1831-95), escritor russo.

ta dele e todos os camponeses ficam em prantos. Ele faria essa nuvem parar e poria em fuga qualquer dessas suas "forças". Sim... A fé move montanhas.

O diácono riu e deu umas palmadas no ombro do zoólogo.

— É isso... — prosseguiu ele. — O tempo todo você fica estudando, concebendo as profundezas do mar, analisa os fracos e os fortes, escreve livros e desafia para duelos — e tudo continua em seu lugar; mas veja, se um ancião fraquinho balbuciar com seu alento santo apenas uma palavra, ou da Arábia chegar cavalgando um novo Maomé de espada na mão, tudo cairá de cangalhas, não haverá pedra sobre pedra na Europa.

— Mas isso está escrito na areia, seu diácono!

— A fé sem ações é morta, mas ações sem fé é pior ainda, é perda de tempo, não mais que isso.

Na avenida de beira-mar apareceu o doutor. Viu o diácono e o zoólogo e aproximou-se deles.

— Parece que está tudo pronto, disse ele, ofegando. Govoróvski e Boiko serão os padrinhos. Vão apanhá-lo às cinco da manhã. Nossa, como fechou o tempo! — disse ele, olhando para o céu. Não dá para ver nada. Já, já, vai chover.

— Irá conosco, espero? — perguntou von Koren.

— Não, Deus me livre! Já estou exausto o suficiente. Em meu lugar irá Ustinóvitch. Combinei com ele.

Sobre o mar caiu um raio, ouviram-se trovoadas.

— Como fica abafado antes da tempestade! — disse von Koren. — Aposto que já foi até Laiévski e chorou no ombro dele.

— Por que iria? — disse o doutor, ficando embaraçado. — Só faltava!

Até o pôr do sol ele perambulou várias vezes pelo bulevar e pela rua, na esperança de encontrar Laiévski. Sentia vergonha por seu arroubo de fúria e, em seguida, pelo de bondade também. Queria pedir desculpas a Laiévski em tom de brincadeira, depois repreendê-lo ligeiramente e o tranquilizar, dizendo que duelo é resquício da barbárie medieval, mas que a própria providência sugeriu-lhes o duelo como meio de reconciliação; amanhã, eles dois, pessoas excelentes, de grande inteligência, depois de trocar os tiros, apreciarão a nobreza um do outro e serão amigos. Mas não encontrou Laiévski.

— Por que iria? — repetiu Samóilenko. — Não o ofendi, foi ele que me ofendeu. Diga-me, por favor. Por que ele caiu em cima de mim? Que mal eu lhe fiz? Entrei na sala e, de repente, não se sabe por quê: "espião"! Essa é boa! Diga, como foi que começou, o que houve entre vocês? O que você lhe disse?

— Disse que ele está num beco sem saída. E tinha razão. Somente pessoas honestas e trapaceiros podem achar saída de qualquer situação, mas quem quer ser honesto e trapaceiro ao mesmo tempo não tem saída. Porém, senhores, já são onze horas, amanhã temos de levantar cedo.

De repente, bateu uma lufada de vento, levantou a poeira na avenida, girou-a em redemoinho e rugiu, abafando o marulho.

— Uma rajada! — disse o diácono. — É preciso ir embora, a poeira entra nos olhos.

Já caminhando, Samóilenko suspirou e disse, segurando o quepe: — Provavelmente, não dormirei esta noite.

— Não se preocupe — riu o zoólogo —, esse duelo não vai dar em nada. Laiévski atirará para o ar generosamente, não é capaz de agir de outra forma e eu talvez nem atire. Ser processado por causa de Laiévski, perder tempo — sai mais cara a mecha que o sebo. Aliás, qual é a pena pelo duelo?

— Detenção e, em caso da morte do adversário, prisão de até três anos na fortaleza.

— Fortaleza de Petropávlovsk?

— Não, na militar, parece.

— Se bem que esse rapaz deveria receber uma lição!

Atrás deles, no mar, caiu um raio e, por um instante, iluminou os telhados das casas e as montanhas. Perto do bulevar os amigos se separaram. Quando o doutor sumiu na escuridão e seus passos se afastavam, von Koren gritou-lhe:

— Tomara que o tempo não nos atrapalhe amanhã!

— Quem sabe? Seria bom. Deus queira!

— Boa noite!

— Noite o quê? O que disse?

Com o barulho do vento, do mar e com as trovoadas, foi difícil escutar.

— Nada, não! — gritou o zoólogo e apressou-se em voltar para casa.

XVII

... na mente abatida de tristeza
penosos pensamentos se acumulam;
memória silenciosa desenrola
diante de mim seu longo pergaminho;
com aversão eu leio minha vida
e estremeço, amaldiçoo, me lamento,
derramo lágrimas amargas, mas com elas
não lavo essas linhas angustiantes.
Púchkin[27]

"Mesmo se o matam amanhã de manhã, ou dão risadas e o deixam com vida — de qualquer modo ele está perdido. Mesmo se essa mulher desonrada se matar por vergonha e desespero ou continuar levando essa vida miserável — de qualquer modo ela está perdida...", assim pensava Laiévski, sentado à mesa tarde da noite, esfregando as mãos cada vez mais frequentemente.

De repente, a janela abriu-se e bateu, no quarto entrou um vento forte e os papéis voaram da mesa. Laiévski trancou a janela, abaixou-se para recolher os papéis do chão. Sentiu em seu corpo algo novo, um mau jeito que não sentia antes, e não reconhecia seus movimentos; andava com medo, dando

27 N.T.: *Recordação* de A. S. Púchkin (1799-1837).

cotoveladas para os lados e mexendo os ombros e, quando se sentou à mesa, tornou a esfregar as mãos. Seu corpo perdeu a flexibilidade.

Na véspera da morte, costuma-se escrever para parentes próximos. Laiévski lembrava-se disso. Pegou uma pena e escreveu com letra tremida:

"Mamãe!"

Queria escrever à sua mãe para que, por amor a Deus misericordioso, em quem ela acredita, desse abrigo e carinho a uma mulher infeliz, desonrada por ele, solitária, fraca e miserável, e que esquecesse e perdoasse tudo, tudo, tudo e, com esse seu sacrifício, redimisse ao menos uma parte do terrível pecado de seu filho. Mas lembrou-se de como sua mãe, uma velha corpulenta e pesada, de touca rendada, saía de manhã para o jardim, seguida da comensal com o lulu nos braços, de como ela falava em voz imperativa e aos gritos com o jardineiro e a criadagem e quão soberbo e arrogante era seu rosto — lembrou-se disso e riscou a palavra que havia escrito.

Em todas as três janelas brilhou um relâmpago e, em seguida, soou um trovão no começo surdo e depois ensurdecedor, retumbante, estrondoso, com estalos, e tão forte que os vidros das janelas tilintaram. Laiévski levantou-se, chegou à janela e encostou a fronte no vidro. Era uma forte e magnífica tempestade lá fora. No horizonte, os raios, como fitas brancas, caíam das nuvens no mar incessantemente e iluminavam longe o enorme espaço das altas ondas pretas. Os raios fulguravam à direita, à esquerda e, provavelmente, em cima da casa.

— Tempestade! — sussurrou Laiévski; ele sentiu vontade de rezar a alguém ou a algo, mesmo aos raios ou às nuvens. — Adorável tempestade!

Lembrou-se de como na infância ele saía correndo para o jardim, com a cabeça descoberta e, atrás dele, corriam duas meninas loiras de olhos azuis, a chuva molhava-os e eles riam eufóricos. Mas quando soava o ribombo do trovão forte as meninas apertavam-se contra ele com confiança, ele persignava-se e apressava-se em rezar: Santo Cristo, Santo Cristo, Santo Cristo... Oh, para onde se foram, em que mar se afogaram os brotos de uma vida bela e pura? Ele já não tem medo da tempestade e não ama a natureza, não tem Deus, todas as meninas puras e crédulas que conhecia foram desgraçadas por ele e seus coetâneos, em toda sua vida ele não plantou uma única árvore, uma única ervinha e, vivendo entre vivos, não salvou a vida de uma mosca sequer, somente destruía, deitava a perder e mentia, mentia...

"O que há em minha vida que não seja depravação?", perguntava-se ele, procurando alguma lembrança boa para se agarrar, como se agarra nos arbustos quando se cai num abismo.

Ginásio? Universidade? Mas isso é mentira. Ele estudava mal e esqueceu o que lhe ensinavam. Serviço à sociedade? Também é mentira, porque na repartição ele não fazia nada, recebia o salário de graça e seu serviço era um peculato infame que não estava sujeito a processo.

Ele não precisava da verdade e não a procurava, sua consciência, enfeitiçada por depravação e mentiras, estava adormecida ou calada; ele, como um estranho ou vindo de outro planeta, não participava da vida comum das pessoas, era indiferente a seus sofrimentos, ideias, religiões, conhecimentos, buscas e lutas, não disse uma palavra boa a ninguém, não escreveu uma linha sequer que fosse útil e não vulgar, não ajudou pessoas nem com um tostão, apenas comia seu pão e tomava seu vinho, seduzia suas esposas, aproveitava-se de pensamentos alheios e, para justificar sua vida parasitária perante as pessoas e perante si mesmo, sempre fazia ar de quem estava acima e era melhor do que elas. Fraude, fraude e somente fraude...

Lembrou-se claramente daquilo que havia visto na casa de Miurídov e sentia-se insuportavelmente mal de repugnância e aborrecimento. Kirílin e Atchmiánov são nojentos, mas eles apenas deram continuação àquilo que ele havia começado; são seus cúmplices e discípulos. Esta mulher jovem e fraca confiou mais nele do que no irmão; ele a privou do marido, da pátria e do círculo de amigos e trouxe-a para cá — para o calor das brasas, para a malária e o tédio; dia após dia ela, como um espelho, tinha de refletir em si a ociosidade, a depravação e a falsidade dele — era a única coisa que preenchia sua vida medíocre, inerte e miserável; depois ele ficou farto e a odiou, mas lhe faltou coragem para abandoná-la e procurava enredá-la o quanto mais com mentiras, como com uma teia de aranha... O restante foi arrematado por essa gente...

Laiévski ora sentava à mesa, ora ia até a janela; ora apagava a vela, ora a acendia. Em voz alta, ele se amaldiçoava, chorava, lamentava-se, pedia perdão; em desespero, várias vezes corria até a mesa e escrevia: "Mamãe!"

Não tinha parentes além da mãe, nem amigos íntimos. Mas como a mãe poderia ajudá-lo? E onde ela estaria? Quis correr atrás de Nadejda Fiódorovna para cair a seus pés, beijar suas mãos, suplicar que o perdoasse, mas ela era sua vítima e ele a temia, como se ela tivesse morrido.

— Minha vida se foi! — balbuciava ele, esfregando as mãos. — Para que estou vivo ainda, meu Deus!...

Ele empurrou do céu sua estrela sem brilho, ela caiu e seu rastro desapareceu nas trevas da noite; já não voltará ao céu, por que a vida é dada uma só vez e não se repete. Se fosse possível fazer voltar os anos e dias passados, ele substituiria neles a mentira pela verdade, o ócio pelo labor, o tédio pela alegria, devolveria a castidade àquelas de quem a tirou, acharia Deus e a justiça, mas isso é tão impossível quanto fazer uma estrela caída voltar ao céu. E por isso ser impossível, ele caía no desespero.

Quando a tempestade acabou, sentado ao pé da janela aberta, pensava com calma no que aconteceria com ele. Provavelmente, von Koren o mataria. A concepção do mundo clara e fria desse homem admite a exterminação dos fracos e ineptos; mesmo que no último instante essa concepção o traia, o ódio e a repugnância que Laiévski incita nele o ajudariam a apertar o gatilho. Se ele não acertar ou, só para rir do adversário odioso, apenas feri-lo ou atirar para o ar, o que fazer então? Para onde ir?

"Ir para Petersburgo?", perguntava-se Laiévski. "Mas isso significaria voltar à vida antiga que eu amaldiçoava. E quem procura salvação na mudança de lugar, como o pássaro migrante, não encontra nada, porque para ele a terra é igual por toda parte. Procurar salvação em pessoas? Em quem e como? Não há salvação na bondade e generosidade de Samóilenko, nem no riso fácil do diácono ou no ódio de von Koren. É preciso procurar a salvação somente em si mesmo, e se não encontrar, então para que perder tempo? Preciso me matar e ponto final..."

Ouviu-se o barulho de um carro. Já estava clareando. A caleche passou na frente e, rangendo com as rodas na areia molhada, virou-se e parou perto da casa. Na caleche havia duas pessoas.

— Aguardem, já vou! — disse-lhes Laiévski pela janela. — Não estava dormindo. Já é hora?

— Sim. São quatro horas. Até chegarmos...

Laiévski vestiu o casaco e o chapéu, pôs no bolso os cigarros e parou pensativo. Parecia-lhe que tinha de fazer mais alguma coisa. Na rua, os padrinhos conversavam em voz baixa e os cavalos bufavam: esses sons na madrugada úmida, quando todo mundo está dormindo e o dia mal desponta, encheram a alma de Laiévski de uma tristeza parecida com um mau pressentimento. Ficou pensativo mais um pouco e entrou no dormitório.

Nadejda Fiódorovna estava na cama, esticada, envolta na manta até a cabeça; ela não se mexia e seu corpo, principalmente a cabeça, lembrava uma múmia egípcia. Olhando para ela, Laiévski mentalmente pediu perdão a ela e pensou: "Se o céu não é vazio e lá realmente existe Deus, Ele a guardará; mas se Deus não existe, então que morra, não haverá para que viver".

De repente ela ergueu-se e sentou na cama. Ao levantar seu rosto pálido e olhando com pavor para Laiévski, ela perguntou:

— É você? A tempestade acabou?

— Acabou.

Ela se lembrou, pôs ambas as mão na cabeça e estremeceu de corpo inteiro.

— Como é penoso para mim! — disse ela. — Se você soubesse, como é penoso! Eu esperava que você me matasse ou me mandasse embora na chuva, na tempestade, mas você protela... protela...

Ele a abraçou impetuosa e fortemente, cobriu de beijos seus joelhos, as mãos. Depois, quando ela dizia algo para ele e estremecia de lembranças, ele passou a mão em seu cabelo e, olhando atentamente para seu rosto, entendeu que essa mulher infeliz e perversa era para ele a única pessoa próxima, querida e insubstituível. Quando, ao sair da casa, subia na caleche, ele quis voltar para casa vivo.

XVIII

O diácono levantou-se, vestiu-se, pegou seu bordão grosso, nodoso e saiu de casa sem fazer barulho. Estava escuro e nos primeiros minutos, quando caminhou pela rua, não enxergava nem seu bordão branco: no céu não havia uma só estrela e parecia que a chuva ia voltar. Estava cheirando a areia úmida e a mar.

"Tomara que os tchetchenos não me assaltem", pensou o diácono, escutando como seu cajado batia na calçada e como era sonora e solitária essa batida no silêncio noturno.

Ao sair da cidade, o diácono começou a enxergar o caminho e seu cajado; no céu noturno surgiram umas manchas turvas e logo apareceu uma estrela, piscando timidamente com seu único olho. O diácono seguia a alta beira pedregosa e não podia ver o mar que adormecia embaixo; suas ondas, preguiçosas e pesadas, batiam na margem e como que suspiravam: "Ufa!" E tão devagar! Bateu uma delas, o diácono contou oito passos antes que batesse a outra, seis passos depois — a terceira. Como antes, não se via nada e, na escuridão, ouvia-se o preguiçoso marulho sonolento, ouvia-se o tempo infinitamente remoto e inimaginável, quando Deus sobrevoava o caos.

O diácono sentiu pavor. Pensou que Deus poderia castigá-lo por ter amizade com pessoas descrentes e até ir assistir ao duelo entre elas. O duelo será coisa de nada, sem derramamento de sangue, ridícula, porém, seja o que for, é um espetáculo pagão e é totalmente indecente para ser assistido por um clérigo. Ele parou e pensou: "Não seria melhor voltar?" Mas a inquietação e a forte curiosidade prevaleceram sobre as dúvidas e ele seguiu seu caminho.

"Embora sejam incrédulos, são boa gente e vão se salvar!", tranquilizava a si mesmo. — Seguramente vão se salvar! — disse ele em voz alta, acendendo um cigarro.

Qual é a medida para avaliar os méritos das pessoas e julgá-las de modo justo? O diácono lembrou-se de seu inimigo, o inspetor da escola eclesiástica, que tinha fé em Deus, não duelava, levava uma vida casta, mas outrora lhe dava de comer pão de farinha misturada com areia e, um dia, por pouco não lhe arrancou a orelha. Se a forma da vida humana é tão pouco sábia, que todos na escola respeitavam e rezavam pela saúde desse inspetor cruel e desonesto que roubava a farinha pública, seria justo evitar pessoas como von Koren e Laiévski só porque são incrédulos? O diácono começou a resolver essa questão, mas lembrou-se como Samóilenko estava engraçado naquele dia e isso interrompeu o curso de seus pensamentos. "Quanto riso haverá amanhã!" O diácono imaginava que ia se esconder nos arbustos e espiar e, quando no dia seguinte von Koren começasse a se gabar, ele, o diácono, ia lhe contar rindo todos os detalhes do duelo.

— De onde sabe tudo isso? — perguntaria o zoólogo.

— Aí é que está. Nem saí de casa, mas sei.

"Seria bom descrever o duelo de modo divertido. O sogro vai rir lendo isso, pois dá tudo para ouvir ou ler histórias engraçadas."

Abriu-se o panorama do vale do Rio Amarelo. Depois da chuva o rio ficou mais largo e mais bravo, já não resmungava, como antes, mas rugia. Começava a amanhecer. Um amanhecer cinzento, embaciado, as nuvens correndo para Oeste, atrás da tempestade, as montanhas cingidas pela neblina e as árvores molhadas — tudo lhe pareceu feio e severo. Lavou o rosto com a água de um arroio, fez as orações matinais e deu-lhe vontade de tomar chá e comer os pãezinhos quentes com creme de leite que diariamente são servidos na casa do sogro. Lembrou-se de sua esposa e de *O perdido para sempre* que ela toca no piano. Que tipo de mulher ela é? Conheceu-a através de casamenteiros e, uma semana depois, foram celebradas as bodas; viveram juntos menos de um mês e ele foi mandado para cá, portanto até hoje ele não sabe quem ela é como pessoa. E, mesmo assim, é tedioso sem ela.

"Preciso lhe escrever uma cartinha...", pensava ele.

A bandeira em cima da taberna pendia molhada, a própria taberna com o telhado molhado parecia mais escura e mais baixa que antes. Na porta havia uma carroça; Kerbalai, dois abkhásios e uma jovem tártara de pantalonas largas, provavelmente a esposa ou a filha de Kerbalai, traziam da taberna uns sacos e os carregavam na carroça forrada com palha de milho.

Perto da carroça estavam duas mulas cabisbaixas. Carregados todos os sacos, os abkhásios e a tártara cobriram-nos com a palha, e Kerbalai começou a atrelar as mulas depressa.

"Deve ser contrabando", pensou o diácono.

Eis a árvore tombada com agulhas secas, eis a marca preta da fogueira. Lembrou-se do piquenique em todos os pormenores, o canto dos abkhásios, os doces sonhos sobre a prelatura e a procissão religiosa... O Rio Preto ficou mais preto e mais largo depois da chuva... Tomando cuidado, o diácono atravessou a pontezinha rala, já alcançada pelas cristas das ondas sujas e subiu a escadinha que levava ao galpão.

"Boa cabeça!", pensava ele, estirando-se na palha e lembrando-se de von Koren. "Boa cabeça, que Deus lhe dê saúde. Mas há crueldade nele..."

"Por que odeia tanto Laiévski e vice-versa? Por que vão se bater no duelo? Se já na infância conhecessem a pobreza, como o diácono conheceu, se crescessem no meio de gente ignorante, de coração duro, ávida, fazendo você sentir o favor deles, recebendo cada pedaço de pão, gente grosseira e bruta no tratamento, que cospe no chão e arrota durante o almoço e a oração, se desde a infância não fossem acostumados a boas condições de vida, cercados de gente escolhida, oh, como iam se agarrar um ao outro, com que facilidade perdoariam mutuamente os defeitos e apreciariam o que tem de bom neles. Pois no mundo existem tão poucas pessoas decentes, mesmo pela aparência!

É verdade que Laiévski é maluco, esquisito, desregrado, mas não roubaria, não cuspiria no chão, não diria à mulher: 'Comer, você come, mas trabalhar você não quer', não açoitaria uma criança com rédeas e não alimentaria a criadagem com carne fedorenta — será que isso já não é suficiente para ele ser tratado com indulgência? Além disso, é ele que sofre mais por causa de seus defeitos, como um doente sofre com suas feridas. Em lugar de, por tédio, procurar no outro sinais de degenerescência, extinção, hereditariedade e outras coisas pouco compreensíveis, não seria melhor descer das alturas, ir e levar seu ódio para lá, onde ruas inteiras gemem de ignorância, grosseria, cupidez, impurezas, palavrões, gritos estridentes de mulheres..."

O ruído de um carro chegando interrompeu os pensamentos do diácono. Ele espiou pela porta e viu uma caleche com três pessoas nela: Laiévski, Chechkóvski e o chefe dos correios.

— Parado! — disse Chechkóvski.

Os três desceram da caleche e se entreolharam.

— Eles não chegaram ainda — disse Chechkóvski, sacudindo a sujeira da roupa. — Bem, enquanto isso, vamos procurar um lugar conveniente. Aqui não há onde se mexer.

Eles foram subindo o rio e logo desapareceram da vista. O cocheiro, um tártaro, acomodou-se na caleche, inclinou a cabeça no ombro e adormeceu. O diácono esperou uns dez minutos, saiu do galpão, tirou o chapéu preto para não ser notado e, acocorando-se e olhando para trás a cada instante, seguiu a margem, abrindo caminho por entre arbustos e plantações de milho; das árvores e dos arbustos caíam sobre ele gotas graúdas, o mato e o milho estavam molhados.

— Que vergonha! — resmungava ele, levantando as abas sujas e molhadas de sua veste. — Se soubesse, não teria vindo.

Logo ouviu as vozes e viu as pessoas. Laiévski, arqueado, com as mãos nos bolsos, andava rapidamente para frente e para trás numa pequena clareira; seus padrinhos estavam na beira perto da água e enrolavam os cigarros.

"Estranho...", pensou o diácono, não reconhecendo a maneira de andar de Laiévski. "Feito um velho!"

— É uma incivilidade da parte deles! — disse o chefe dos correios, olhando para o relógio. — Talvez, à maneira científica, seja de bom-tom chegar atrasado, mas a meu ver isso é falta de decoro.

Chechkóvski, homem gordo com barba preta, apurou o ouvido e disse:

— Estão chegando!

XIX

— Pela primeira vez vejo isso! Como é lindo! — disse von Koren, aparecendo na clareira e estendendo os braços para o Leste. — Vejam: raios verdes!

No Leste, atrás das montanhas, surgiram dois raios verdes de sol e isso realmente era muito bonito. O sol estava nascendo.

— Bom dia! — prosseguia o zoólogo, acenando com a cabeça aos padrinhos de Laiévski. — Atrasei muito?

Estava acompanhado de seus padrinhos, dois oficiais, Boiko e Govoróvski, muito jovens, ambos de túnicas brancas e da mesma altura, e do esquálido e insociável doutor Ustimóvitch, que segurava uma trouxa com não se sabe o quê numa mão, e a outra estava às costas, onde costumava ter uma bengala. Ele colocou a trouxa no chão e, sem cumprimentar ninguém, pôs a outra mão nas costas e começou a marchar pela clareira.

Laiévski sentia fadiga e embaraço de uma pessoa que logo poderia estar morta e, por isso, atraía a atenção geral. Queria que o matassem logo ou que o levassem para casa. Pela primeira vez na vida ele via o nascer do sol; essa madrugada, os raios verdes, a umidade e as pessoas de botas molhadas pareciam-lhe coisas inúteis, sobrando em sua vida, e o constrangiam:

tudo isso não tinha nenhuma relação com a noite vivida, com seus pensamentos e sentimento de culpa, por isso ele iria embora de bom grado, sem esperar pelo duelo.

Von Koren estava visivelmente agitado, procurava não deixar transparecer isso fazendo de conta que os raios verdes eram o que mais lhe interessava. Os padrinhos estavam confusos, entreolhavam-se como que perguntando para que estavam ali e o que deviam fazer.

— Senhores, acho que não há necessidade de ir mais longe — disse Chechkóvski. — Aqui está bem.

— Sim, certamente — concordou von Koren.

Fez-se um silêncio. Ustimóvitch, marchando, virou-se, mudando bruscamente seu rumo, chegou até Laiévski e disse à meia voz, respirando na cara dele:

— Provavelmente, não tiveram tempo de lhe comunicar minhas condições. Cada parte paga-me quinze rublos e, em caso de morte de um dos adversários, o sobrevivente paga todos os trinta.

Laiévski já conhecia esse homem, mas só agora viu nitidamente seus olhos embaciados, o bigode duro e o pescoço descarnado, tísico: é um usurário, não um médico! Seu hálito tinha um cheiro desagradável de carne de boi.

"Cada tipo de gente que existe nessa terra!", pensou Laiévski e respondeu:

— Está bem.

O doutor acenou com a cabeça, tornou a marchar e percebia-se que não era o dinheiro que ele queria, falou nele simplesmente por ódio. Todos sentiam que já era hora de dar início e fim àquilo que já fora empreendido, mas não começavam e não terminavam, apenas andavam, ficavam parados e fumavam. Os jovens oficiais, que pela primeira vez na vida estavam presenciando um duelo e pouco confiavam nesse duelo civil inútil, segundo a opinião deles, examinavam escrupulosamente suas túnicas e alisavam as mangas. Chechkóvski aproximou-se deles e falou em voz baixa:

— Senhores, temos de nos valer de todos os esforços para que esse duelo não se realize. Precisamos reconciliá-los. Ele corou e prosseguiu: — Ontem Kirílin esteve em minha casa e disse que ele e Nadejda Fiódorovna foram surpreendidos por Laiévski e essas coisas...

— Sim, estamos a par disso — respondeu Boiko.

— Bem, vejam... Laiévski está com as mãos tremendo e essas coisas... Nem poderá segurar a pistola. Bater-se com ele é tão desumano quanto bater-se com um bêbedo ou um tifoso. Senhores, se não houver reconciliação é preciso, ao menos, adiar o duelo, talvez... Que confusão dos diabos... Não quero nem ver.

— Fale com von Koren.

— Eu não conheço as regras do duelo, nem quero saber, que vão ao diabo; ele pode pensar que Laiévski acovardou-se e que eu fui mandado por ele. Aliás, que pense o que quiser, vou falar.

Indeciso, mancando um pouco, Chechkóvski dirigiu-se a von Koren e, enquanto andava, toda sua figura respirava preguiça.

— Eis o que eu tenho a lhe dizer, meu senhor — começou ele examinando atentamente as flores na camisa do zoólogo. — É confidencial... Não conheço as regras do duelo, que o diabo as carregue, nem quero saber, e raciocino não como padrinho e essas coisas, mas como gente, e pronto.

— Bem. E daí?

— Quando os padrinhos propõem uma reconciliação, normalmente são vistos como mera formalidade e nem são ouvidos. É o amor próprio e acabou. Mas lhe peço encarecidamente que olhe com atenção para Ivan Andréitch. Hoje o estado dele não é normal, pode-se dizer que não está em seu juízo. Houve uma desgraça. Detesto fofocas — Chechkóvski corou e olhou para trás —, mas, em vista do duelo, acho necessário levar a seu conhecimento: ontem, na casa de Miurídov ele encontrou sua madame junto com... um senhor.

— Que sordidez! — resmungou o zoólogo; ele empalideceu, fez uma careta e deu uma cuspida sonora. Seu lábio inferior tremeu; ele se afastou de Chechkóvski, não queria mais ouvi-lo e, como se tivesse provado algo amargo, deu uma cuspida sonora outra vez e, com ódio, pela primeira vez nessa manhã, olhou para Laiévski. Sua agitação e seu embaraço passaram, ele sacudiu a cabeça e disse alto: — Senhores! O que estamos esperando, afinal? Por que não começamos?

Chechkóvski trocou um olhar com os oficiais e deu de ombros.

— Senhores! — disse ele alto sem se dirigir a alguém em especial. — Senhores! Estamos lhes propondo uma reconciliação!

— Vamos acabar logo com as formalidades — disse von Koren. — Da reconciliação já foi falado. Qual é a próxima formalidade? Depressa, senhores, o tempo urge.

— Mas mesmo assim nós insistimos na reconciliação — disse Chechkóvski em tom de desculpa, como uma pessoa que se vê na obrigação de se meter nos assuntos alheios. Ficou corado, pôs a mão no peito e prosseguiu: — Senhores, nós não vemos nenhuma relação causal entre a ofensa e o duelo. Não há nada em comum entre duelo e ofensa que, às vezes, fazemos um ao outro por causa de nossa fraqueza humana. Vocês estudaram na universidade, são gente culta e vocês mesmos, naturalmente, consideram o duelo uma formalidade fútil, caduca e todas essas coisas. Nós também o vemos assim, senão não teríamos vindo, porque não podemos admitir que pessoas atirem uma na outra em nossa presença e pronto. — Chechkóvski enxugou o suor do rosto e prosseguiu: — Resolvam esse mal-entendido, senhores, estendam a mão um ao outro e vamos para casa brindar o arranjo amigável. Realmente, senhores!

Von Koren calava. Laiévski notou os olhares dirigidos a ele e disse: — Não tenho nada contra Nikolai Vassílievitch. Se ele me acha culpado, estou pronto a me desculpar.

Von Koren sentiu-se ofendido.

— Está evidente, senhores — disse ele —, que vocês querem que o senhor Laiévski volte para casa como um cavaleiro generoso, mas não posso proporcionar esse prazer nem a vocês, nem a ele. E não havia necessidade de levantarmos cedo e percorrer dez *verstas* só para festejar o arranjo amigável com comes e bebes e para me explicarem que o duelo é uma formalidade caduca. Duelo é duelo e não é preciso fazer dele uma coisa mais tola e falsa do que já é. Eu quero me bater!

Fez-se um silêncio. O oficial Boiko tirou da caixa duas pistolas: uma foi entregue a von Koren; a outra, a Laiévski. Então, houve uma perplexidade que por algum tempo divertiu o zoólogo e os padrinhos. Verificou-se que não havia ninguém entre os presentes que alguma vez na vida tivesse presenciado um duelo e ninguém sabia ao certo como devem se colocar os adversários, o que os padrinhos devem falar e fazer. De repente Boiko lembrou-se e, sorrindo, começou a explicar.

— Senhores, alguém se lembra da descrição do duelo que Lérmontov fez? — perguntou von Koren rindo. — Bazárov de Turguêniev também duelou com não sei quem lá...

— Para que tentar se lembrar? — disse impacientemente Ustimóvith, parando de marchar. — É só medir a distância e pronto.

E ele deu três passos, mostrando como se deve medir. Boiko contou os passos, seu companheiro desembainhou a espada e riscou a terra nos pontos extremos, marcando a barreira.

Num silêncio geral, os adversários ocuparam seus lugares.

"As toupeiras!", lembrou-se o diácono, escondido nos arbustos.

Chechkóvski ficou falando algo, Boiko outra vez ficou explicando algo, mas Laiévski não ouvia, ou melhor, ouvia e não entendia. Quando chegou o momento para isso, engatilhou a pistola, levantou a arma pesada com o cano para cima. Ele se esqueceu de desabotoar o casaco que o apertava fortemente no ombro e debaixo do braço, e a mão levantava-se de um jeito esquisito, como se a manga fosse feita de lata. Lembrou de seu ódio de véspera à testa morena e ao cabelo crespo e pensou que mesmo ontem, no momento da raiva e de um ódio forte, ele não seria capaz de atirar num homem. Receando que a bala atingisse von Koren por acaso, levantava a pistola mais e mais alto e sentiu que generosidade ostensiva é indelicada e não generosa, mas não sabia e não podia fazer de outro modo. Olhando para o rosto pálido de von Koren, que sorria maliciosamente, pois desde o começo tinha certeza de que o adversário ia

IVAN

KORE

atirar ao ar, Laiévski pensava que agora, graças a Deus, tudo ia acabar e que só era preciso apertar bem o gatilho...

Teve um forte recuo no ombro, ressoou o tiro e, nas montanhas, respondeu o eco: pah-tah!

Von Koren também armou o gatilho e olhou para o lado de Ustimóvitch, que continuava marchando com os braços para trás, sem prestar atenção em nada.

— Doutor — disse von Koren —, tenha a bondade de não andar, feito um pêndulo. Isso me atrapalha a vista.

O doutor parou. Von Koren começou a apontar a arma para Laiévski.

"Acabou!", pensou Laiévski.

O cano da pistola, dirigido diretamente para o rosto, a expressão de ódio e desdém na pose e em toda a figura de von Koren, esse assassinato que um homem decente ia cometer agora, à luz do dia, na presença de pessoas decentes, esse silêncio e essa força desconhecida que fazia Laiévski ficar parado e não sair correndo — como tudo isso era misterioso, incompreensível e terrível!

O tempo que von Koren ficou apontando pareceu a Laiévski mais longo que a noite. Ele olhou com súplica para os padrinhos; eles não se mexiam e estavam pálidos.

"Atire logo!", pensava Laiévski, e sentia que seu rosto trêmulo, pálido, lastimável devia excitar em von Koren um ódio ainda maior.

"Vou matá-lo agora", pensava von Koren, apontando para a testa e já sentindo o gatilho com o dedo. "Sim, certamente, matarei..."

— Ele vai matá-lo! — ouviu-se de repente um grito desesperado em algum lugar bem perto.

Imediatamente ressoou o tiro.

Vendo que Laiévski estava em pé e não caiu, todos olharam para o lado do qual veio o grito, e viram o diácono. Este, pálido, com o cabelo molhado, grudado na fronte e nas faces, todo encharcado e sujo, estava naquela margem, no milheiro, sorria de uma maneira estranha e acenava com o chapéu molhado. Chechkóvski riu de felicidade, começou a chorar e virou-se para o lado...

XX

Pouco depois, von Koren e o diácono encontraram-se perto da pontezinha. O diácono estava agitado, ofegava e evitava encarar von Koren. Sentia vergonha de seu pavor e da roupa suja e molhada.

— Pareceu-me que você pretendia matá-lo... balbuciava ele. — Como isso contraria a natureza humana! Até que ponto isso é antinatural!

— Mas como veio parar aqui? — perguntou o zoólogo.

— Nem me pergunte! — agitou o braço o diácono. — Foram artes do demônio: "Vai, vai..." Aí eu fui e por pouco não morri de pavor nesse milheiro. Mas agora, graças a Deus, graças a Deus... Estou muito contente com você — balbuciava o diácono. — E o nosso avô tarântula ficará contente... Ridículo, ridículo! Mas peço-lhe encarecidamente, não conte a ninguém, senão vou levar um sabão de meus chefes. Vão dizer que o diácono foi padrinho num duelo.

— Senhores! — disse von Koren. — O diácono pede para não dizer a ninguém que foi visto aqui. Poderá ter aborrecimentos.

— Como isso é contrário à natureza humana! — suspirou o diácono. — Perdoe-me, mas você estava com uma cara! Pensei que infalivelmente o mataria.

— Tive uma forte tentação de acabar com esse canalha — disse von Koren —, mas você gritou e eu errei. Todo esse processo me é desagradável, estranho e fatigou-me. Sinto-me terrivelmente fraco. Vamo-nos...

— Não, permita que eu vá a pé. Preciso secar. Estou molhado e com frio.

— Bem, como queira — disse o zoólogo enfraquecido com uma voz langorosa, sentando-se no banco da caleche e fechando os olhos. — Como queira...

Enquanto andavam em volta dos carros e se acomodavam, Kerbalai, na beira do caminho, fazia reverências e mostrava os dentes; achava que os senhores vieram apreciar a natureza, tomar chá, e não entendia por que iam embora. Num silêncio geral, o comboio se pôs em marcha e, perto da taberna, ficou somente o diácono.

— Chegar taberna, tomar chá — disse ele a Kerbalai. — Mim querer comer.

Kerbalai falava bem russo, mas o diácono achou que seria entendido melhor se falasse um russo macarrônico.

— Fritar ovo, dar queijo...

— Venha, venha, padre — disse Kerbalai, reverenciando-o. Darei tudo. Tenho queijo, tenho vinho... Coma o que quiser.

— Como é "Deus" em tártaro? — perguntou o diácono, entrando na taberna.

— Seu Deus e meu Deus são o mesmo — disse Kerbalai sem ter entendido a pergunta. — Deus é um só para todos, as pessoas é que são diferentes. Uns são russos, outros são turcos, ingleses, tem muitos, mas Deus é um só.

— Bem. Se todos os povos adoram um único Deus, então por que vocês, os muçulmanos, olham para os cristãos como para seus eternos inimigos?

— Por que se zanga? — disse Kerbalai, descansando ambas as mãos na barriga. — Você é padre, eu sou muçulmano, você diz: "quero comer" e eu lhe dou comida... Só os ricos julgam qual Deus é seu e qual é o meu, mas para o pobre — tanto faz. Coma, por favor.

Enquanto na taberna transcorria essa conversa teológica, Laiévski ia para casa e lembrava-se do pavor que sentiu na madrugada, quando o caminho, as rochas e montanhas estavam molhadas e escuras e o futuro incerto apresentava-se tenebroso como um abismo sem fundo e, agora, as gotas de chuva na grama e nas pedras brilhavam ao sol, como diamantes, a natureza sorria feliz e o futuro terrível havia ficado para trás. Ele lançava olhares para o rosto sombrio e choroso de Chechkóvski, para as duas caleches na frente, nas quais iam von Koren, seus padrinhos e o doutor, e parecia-lhe que todos eles estavam voltando de um cemitério, onde acabaram de enterrar um homem insuportável, de um caráter difícil e que atrapalhava a vida de todo mundo.

"Acabou!", pensava ele sobre sua vida anterior e, com cuidado, apalpava seu pescoço.

No lado direito do pescoço, perto do colarinho, surgiu um inchaço do comprimento e grossura de um mindinho e ele sentia uma dor, como se alguém tivesse passado um ferro quente nele. Era uma contusão, causada pela bala.

Depois, quando voltou para casa, começou para ele um dia longo, estranho, doce e nebuloso como um sonho. Como se acabasse de sair da prisão, posto em liberdade, ou do hospital, ele olhava atentamente para objetos bem conhecidos e estranhava que as mesas, as janelas, as cadeiras, a luz, o mar incitavam nele uma viva alegria infantil que não experimentava havia muito, muito tempo. Nadejda Fiódorovna, pálida e abatida, não entendia essa docilidade de sua voz, a estranha maneira de andar; apressadamente ela começou a lhe contar tudo o que havia acontecido com ela... Achava que, provavelmente, ele não a escutava bem e, por isso, não a entendia, mas quando soubesse de tudo, iria amaldiçoá-la e matá-la. Mas ele a escutava, passava a mão em seu rosto e no cabelo, olhava em seus olhos e dizia: — Não tenho ninguém, além de você...

Depois, ficaram muito tempo sentados no jardinzinho da casa, apertados um ao outro, em silêncio ou sonhando em voz alta com frases curtas e abruptas sobre sua futura vida feliz, e parecia-lhe que nunca ele havia falado tão longamente e tão bonito.

XXI

Passaram-se mais de três meses.

Chegou o dia marcado por von Koren para sua partida.

Desde a manhã caía uma chuva graúda e fria. O vento noroeste levantava no mar ondas altas. Diziam que com esse tempo dificilmente o navio chegaria ao ancoradouro. Segundo o horário, ele deveria chegar depois das nove da manhã, mas von Koren, que foi até a avenida de beira-mar ao meio-dia e novamente depois do almoço, não viu nada no binóculo, exceto ondas cinzentas e chuva que fechava o horizonte.

No fim da tarde, a chuva parou e o vento começou a amainar. Von Koren já tinha se conformado com a ideia de que não viajaria nesse dia e sentou-se a jogar xadrez com Samóilenko; mas quando escureceu, o ordenança comunicou que foram vistos luzes e um foguete.

Von Koren apressou-se. Pôs a bolsa no ombro, deu abraços em Samóilenko e no diácono, percorreu todos os quartos sem necessidade nenhuma, despediu-se do ordenança e da cozinheira e saiu para a rua com a sensação de que havia esquecido alguma coisa em seu apartamento ou na casa de Samóilenko. Caminhava pela rua ao lado de Samóilenko, seguido do diácono, com uma caixa nos braços e, atrás de todos o ordenança, carregando duas malas. Somente Samóilenko e o ordenança enxergavam as luzinhas fracas no mar, os outros olhavam e não viam nada na escuridão. O navio parou longe da margem.

— Rápido, rápido — apressava a todos von Koren. Receio que ele vá embora!

Passando perto de uma casinha de três janelas, para a qual Laiévski mudou-se após o duelo, von Koren não se aguentou e espiou pela janela. Laiévski, curvado, sentado à escrivaninha, de costas para janela, estava escrevendo.

— Eu me admiro — falou baixo von Koren. — Como ele conseguiu se transformar!

— Sim, é digno de admiração — suspirou Samóilenko. — E fica sentado assim de manhã até de noite, trabalhando. Quer pagar as dívidas. E vive pior que um mendigo!

Passou-se meio minuto de silêncio. O zoólogo, o doutor e o diácono continuavam à janela, olhando para Laiévski.

— Acabou não saindo daqui, coitado dele! — disse Samóilenko. — Lembra-se como ele ansiava por isso?

— Sim, ele mudou totalmente — repetiu von Koren. — O casamento, o trabalho de ganha-pão dia e noite, uma nova expressão no rosto e até sua maneira de andar — tudo é tão descomunal que não sei como chamar isso — o zoólogo pegou na manga de Samóilenko e disse com emoção: — Transmita a ele e a sua esposa que quando eu partia admirei-os e desejei-lhes tudo de bom... e peça-lhe que não guarde rancor, se possível. Ele me conhece. E sabe que, se eu tivesse previsto essa mudança, poderia ter-me tornado seu melhor amigo.

— Por que não entra e não se despede?

— Não, não fica bem.

— Por quê? Quem sabe, talvez nunca mais o encontre.

O zoólogo pensou e disse: — É verdade.

Samóilenko bateu levemente no vidro com o dedo. Laiévski estremeceu e olhou para trás.

— Vánia, Nikolai Vassílievitch deseja se despedir de você. Está de partida.

Laiévski levantou-se e foi abrir a porta.

Samóilenko, von Koren e o diácono entraram.

— Só por um minuto — começou o zoólogo, já se arrependendo de ter cedido ao sentimento e entrado sem ser convidado. "É como se eu estivesse me impondo", pensou ele, "e isso é estúpido".

— Desculpe incomodar — disse ele entrando e seguindo Laiévski até o quarto. — Estou de partida e tive vontade de vê-lo. Deus sabe se a gente ainda se encontra um dia.

— Fico contente... Façam o favor — disse Laiévski, colocando cadeiras para as visitas, meio sem jeito, como que querendo barrar o caminho delas. E parou no meio do quarto, esfregando as mãos.

"Pena que não deixei as testemunhas na rua", pensou von Koren e disse em tom firme: — Ivan Andréitch, não guarde rancor de mim. Sem dúvida, é impossível esquecer o passado, ele é triste demais e eu não vim aqui para me desculpar ou provar que não tenho culpa... Agi com sinceridade e não mudei minhas convicções desde então... Na verdade, pelo que vejo agora e para minha grande alegria, estava enganado a seu respeito, pois tropeçamos mesmo no caminho regular, tal é o destino humano: se não se erra no principal, erra-se nos detalhes. Ninguém é dono da verdade absoluta.

— Sim, ninguém é dono da verdade... — disse Laiévski.

— Bem, adeus... Que Deus lhe dê tudo de bom.

Von Koren estendeu a mão a Laiévski, este a apertou com reverência.

— Não guarde rancor — disse von Koren. — Meus respeitos à sua esposa e diga-lhe que lamento não ter podido me despedir dela.

— Ela está em casa.

Laiévski foi até a porta do outro quarto e disse:

— Nádia, Nikolai Vassílievitch quer se despedir de você.

Nadejda Fiódorovna entrou, parou perto da porta e timidamente olhou para as visitas. Seu rosto expressava culpa e susto, segurava as mãos como uma ginasiana que está esperando um sermão.

— Estou partindo, Nadejda Fiódorovna — disse von Koren — e vim para me despedir.

Indecisa, ela lhe estendeu a mão e Laiévski fez a reverência.

"Mas como são lastimáveis!", pensou von Koren. — "Não é fácil para eles essa vida".

— Estarei em Moscou e Petersburgo, precisam de alguma coisa que eu possa lhes enviar? — perguntou von Koren.

— O que seria? — disse Nadejda Fiódorovna e olhou com inquietação para o marido. — Creio que nada.

— Sim, nada — disse Laiévski esfregando as mãos. — Transmita nossas saudações.

Von Koren não sabia o que mais podia e devia dizer, mas antes de entrar achava que ia dizer muitas coisas boas, calorosas e significantes. Sem dizer nada, apertou a mão de Laiévski e de sua esposa e saiu com um sentimento penoso.

— Que gente! — dizia o diácono à meia voz, saindo por último. — Meu Deus, que pessoas! Realmente, foi a mão de Deus que plantou essa vinha! Meu Deus! Meu Deus! Um venceu milhares, o outro, uma miríade! Nikolai Vassílievitch — disse ele com entusiasmo —, saiba que hoje vocês dois venceram o maior inimigo dos homens: a soberba!

— Que isso, diácono! Que tipo de vencedores nós somos? Os vencedores têm olhar de águia, enquanto ele é lastimável, tímido, faz reverência feito um boneco chinês e eu... eu sinto uma tristeza.

Atrás ouviram-se passos. Era Laiévski alcançando-os para acompanhar. No cais, estava o ordenança com as duas malas e, a certa distância, quatro remadores.

— Mas que vento... brrr! — disse Samóilenko. — No mar deve haver uma tormenta. Não é boa hora para você partir, Kólia.

— Não tenho medo da mareação.

— Não é isso... Tomara que esses bobos não virem o barco. Deveria ir no bote da agência. Onde está o bote da agência? — gritou Samóilenko aos remadores.

— Foi embora, vossa excelência.

— E o da alfândega?

— Também foi embora.

— Por que não informaram? — esbravejou Samóilenko. — Seus estúpidos!

— Tanto faz, não se preocupe. — disse von Koren. Bem, adeus. Que Deus os guarde.

Samóilenko abraçou von Koren, persignou-o três vezes.

— Não nos esqueça, Kólia... Escreva... Na primavera esperamos você aqui.

— Adeus, diácono — disse von Koren, apertando-lhe a mão. — Obrigado pela companhia e pelas boas conversas. Pense a respeito da expedição.

— É claro, meu Deus, nem que seja para o fim do mundo! — riu o diácono. — Não tenho nada contra!

Na escuridão, von Koren reconheceu Laiévski e estendeu-lhe a mão, calado. Os remadores já estavam embaixo e seguravam o barco que batia nas estacas, embora o dique o protegesse contra a ondulação maior. Von Koren desceu a escada, pulou para dentro do barco e tomou o lugar ao leme.

— Escreva — gritou-lhe Samóilenko. — Cuide da saúde!

"Ninguém é dono da verdade", pensava Laiévski, levantando a gola do casaco e enfiando os braços nas mangas.

O barco contornou o cais sem embaraço e saiu para o mar aberto. Sumiu entre as ondas, mas em seguida veio à tona de uma depressão e subiu numa onda tão alta que deu para ver as pessoas e até os remos. Avançou umas três braças e foi jogado para trás umas duas.

— Escreva — gritou Samóilenko. — Que diabo deu em você para sair com esse tempo!

"Sim, ninguém é dono da verdade...", pensava Laiévski, olhando com angústia para o agitado mar escuro.

"O barco é jogado para trás", pensava ele, "dá dois passos para frente e um para trás, mas os remadores são teimosos, movem os remos sem esmorecer e não temem ondas altas. O barco avança, avança e já não é visto; dentro de meia hora, os remadores verão as luzes do navio e dentro de uma, já estarão perto do portaló do navio. É assim na vida... À procura da verdade os homens dão dois passos para frente e um para trás. Sofrimentos, erros e o tédio da vida os jogam para trás, mas a sede pela verdade e a força de vontade os levam para frente e mais para frente. E quem sabe? Talvez eles cheguem até a verdade..."

— A-de-e-us! — gritou Samóilenko.

— Não dá para ver, nem para ouvir — disse o diácono. — Boa viagem!

Começou a chuviscar.